書下ろし

隠密家族 くノ一初陣

喜安幸夫

祥伝社文庫

目次

一　前夜

一

自身の温《ぬく》もり以外は、すべてが冷え切っている。

まだ暗いうちに目が覚め、東の空が明るみかけたころ、

「えいっ」

気合を入れて蒲団《ふとん》をはねのけ、

「おぉ、寒い」

白い息を吐きながら裏庭の井戸端に出て釣瓶《つるべ》で水を汲《く》み、

「やあーっ」

ふたたび気合とともに、

——バシャ

両手ですくった水を思いっ切り顔にあてるのが、佳奈《かな》の一日の始まりである。どんなに眠くとも、これで一挙に目が覚める。

元禄《げんろく》十四年（一七〇一）元旦である。

きのうの夜、そろそろ除夜の鐘が聞こえてこようかといった時分だった。佳奈はすでに自分の部屋で寝ていた。

「——今宵《こよい》明ければ、佳奈は十六歳か。わが霧生院《きりゅういん》家の秘めた役務《やくむ》を話してから、急に大人びたような」

「——はい、源六君《げんろくぎみ》は十八歳です。春にはまたこの江戸へ参勤交代で……。なにやら思わぬ事態が出来《しゅったい》しそうな」

淡い行灯《あんどん》の灯りのなかに、一林斎《いちりんさい》と冴《さえ》は低声《こごえ》を忍ばせた。

その朝を、いま迎えた。

佳奈はいつものように気合を入れ、蒲団をはねのけた。

冷たい空気に全身が包まれる。

「あれ？」

周囲を見まわした。いつも襖《ふすま》の上の欄間《らんま》に感じる朝の明かりがない。

（わたし、正月で早く起き過ぎたの？）

一瞬、思ったが、

「あ、そうか。トトさまが言っていた。見なければ」

思い出したようにつぶやき、寝巻のまま手探りで縁側に出た。庭に面し、待合部屋と療治部屋《りょうじ》がならぶ縁側だ。体の感覚も頭の働きも、すでに昇った太陽に柏手《かしわで》を打っていてもおかしくない時分だ。十六歳になって、佳奈の体感が狂ったわけではない。実際、その時分になっているのだ。

手探りで雨戸を一枚開けた。

「あっ」

声を上げた。霧生院の縁側からも見えた。かすかに東の空に明かりがある。

佳奈はふり返り、

「トトさま、父上！　母上も！　ほんとうですっ。きょうはっ」

思わず叫んだ。

一林斎と冴も起きていた。

廊下に灯りが射した。冴が火を入れた手燭《てしょく》を持って奥から出てきたのだ。

「ふむ。さすがは幕府の天文方、大したものだ」

と、一林斎が冴の横に立った。

正月早々に厚い雲が空を覆《おお》っているわけではない。雲一つない快晴だ。だが暗い。普段なら太陽に重なることのない月が、朝の光を遮《さえぎ》っているのだ。きょうが日の出とともに部分日蝕《にっしょく》になることは、幕府の天文方より天下にあまねく知らされていた。佳奈もこれまで、幾度も一林斎から図で教えられ、

「――ほんに天体の動きとは、人体に流れる気血《きけつ》とよう似て、不思議なものじゃ」

と、大いに感じるものがあった。

だが、江戸市中に奉行所から町触《まちぶ》れまでして日蝕なるものが知らされても、佳奈のように理詰めで理解できる者は少ない。しかもそれが元旦の日の出のときとあっては、芝高輪《しばたかなわ》の海辺、深川《ふかがわ》の洲崎《すさき》、高台の神田《かんだ》明神や芝の愛宕山《あたごやま》へ初日の出を拝みに出向いていた面々は、三日月のように欠けたまま昇った太陽に、

「恐い！」

「不吉じゃ」

と、なかば怯《おび》えながらも、

「おお、見よ、見よ。ありがたや」

一月《ひとつき》の月の満ち欠けを凝縮したように、昇りながら徐々に膨《ふく》らむ太陽に不安は消

え去ったか、諸人《もろびと》は柏手を打ちはじめた。

「驚きやしたぜ。ほんとうにお天道《てんとう》さんだって、欠けることがあるんでやすねえ」

と、一林斎が開けたばかりの冠木門《かぶきもん》に入ってきたのは、おなじ神田須《す》田町《だちょう》の長屋に塒《ねぐら》を置く遊び人の留左《とめざ》だった。近くの神田明神まで行っていたのだ。

遊び人といっても、十年前に一林斎と冴が幼い佳奈を連れ、紀州《きしゅう》から江戸に出てこの神田須田町で冠木門の門柱に〝鍼灸《しんきゅう》　産婆　霧生院〟と認《したた》めた木札《きふだ》を掛け、食あたりで患者第一号となって以来、霧生院の押しかけ下働き人となっている。

狭い庭だが、冴や佳奈に教えられながら薬草の畑仕事をしているとき、

「——おう、留よ。似合ってるぜ。鍬《くわ》を持つ手も堂に入ってきたじゃねえか」

などと、庭をのぞいた町内の顔見知りが声をかけるのへ、

「——こきやがれ」

反発する声にも表情にも明るさがあった。

「あはは。儂《わし》は嘘《うそ》など言わんぞ」

「そりゃあそうでやすがね」

と、留左も元旦の〝異変〟は聞いていて知っていたが、いまひとつ理解できない一人だった。

「留さん。ご苦労さんでしたねえ。早く上がりなさいよ」

玄関の奥から聞こえたのは佳奈の声だった。

「へい、お嬢。すぐに」

と、一林斎につづいて玄関に入った。

ここ数年来、元日に留左は糊《のり》のぱりっときいた袷《あわせ》の着物を着込み、霧生院でゆっくりと雑煮《ぞうに》の馳走《ちそう》に与《あずか》るのが慣《なら》わしになっている。

太陽が本来の丸い形に戻れば、江戸の町々も例年の元日になっていた。

町場の元日は、行事に縛《しば》られた武家と異なり、いたって静かだ。往還《おうかん》に見かける姿は神社仏閣への恵方《えほう》参りくらいのもので、軒端《のきば》の注連《しめ》飾りの風に鳴る音が聞こえるほどだ。こののどかさが、江戸っ子の春気分である。摺《す》り物の宝船売りや三河万歳《みかわまんざい》、獅《し》子舞《しまい》などが町にくり出すのは二日で、大八車に威勢よく幟旗《のぼりばた》を立てた初荷が商家に入るのも二日からである。

だが、一林斎は元日でも普段と変わりのない絞《しぼ》り袴《ばかま》に似た軽衫《かるさん》に袖の細い筒袖《つつそで》を着込み、冴も佳奈も前掛《まえかけ》やたすきこそ掛けていないが、着物は普段と変わりがない。人の生き死には、いかなる節季《せっき》も無縁に訪《おとず》れる。それに備えているのだ。だが、通いの患者が来ないのは、やはり霧生院でも春気分が味わえる。

しかしそこは、紀州徳川家《とくがわ》薬込役《やくごめやく》の中枢であり、一林斎は江戸潜《ひそ》みの組頭《くみがしら》なのだ。

「さっそくですが、ちょいと腰が」

と、配下のハシリとロクジュがそろって霧生院の冠木門をくぐったのは、町場では正月のお屠蘇《とそ》気分と仕事始めの混在する二日の午《ひる》をかなりまわった時分だった。二人とも薬込役の江戸潜みで、一林斎の配下だ。

この日、午前中は春気分のつづきだったが、午後からは正月だからと控えてくれない腰痛や胃痛の患者が来ていた。二人が来たとき、待合部屋には嫁に付き添われた腰痛の婆《ばあ》さんがいた。火急の知らせがあるときは、急患を装《よそお》い冠木門を入るなり庭先から縁側に這《は》い上がり、待合部屋で順番を待っている患者たちに断りを入れ、直接療治部屋に入るのだが、

「へい、おじゃまさんでやす」

と、二人そろって待合部屋に入った。

「あんたら、お若いのに、正月早々どこか傷《いた》めたかね」

「へえ、ちょいと腰が痛《いと》うござんしてねえ」

などと婆さんが話しかけるのへ、福禄寿のように額《ひたい》の長いロクジュが応《こた》える。声は板戸一枚となりの療治部屋にも聞こえる。それで一林斎も冴も、火急の用ではなさそ

うだと覚《さと》るのだ。

腰痛の婆さんはすぐ療治部屋に入ったが、鍼《はり》だけではなく灸《きゆう》も据《す》えていたので、前の患者よりいくらか時間がかかった。待合部屋にいるのが本物の患者なら、冴か佳奈が婆さんに灸を据え、つぎの患者を療治部屋に入れるのだが、待っているのはハシリとロクジュだ。火急ではないにしろ、正月早々いかなる用かと気になりながらも、一般の患者の前で薬込役の話をするわけにはいかない。

「お次の人、灸が終わるまで、ちょいと待ってくださいね」

冴が板戸越しに声をかけた。

「へえ」

と、ハシリとロクジュは恐縮したように返した。江戸潜みの薬込役たちにとって、冴は組頭の女房どのというだけではない。和歌山《わかやま》城下の組屋敷にいる薬込役大番頭《おおばんがしら》の娘でもあるのだ。それだけに、あと四人いる江戸潜みたちは、一林斎と冴を中心に結束は固い。

まだある。娘の佳奈は……と、しかしこれは、江戸潜みの薬込役たちは勘《かん》付いてはいるが、たとえ仲間内でも話題にしてはならないとの不文律がある。

婆さんと付添いの嫁が療治部屋から出てきた。鍼も灸も即効性があり、入るときは

嫁に支えられていたが、

「おっ、婆さん。一人で歩けるじゃねえか」

ロクジュが声をかけ、佳奈が冠木門まで出て見送った。

二

療治部屋では、

「奥にするか」

一林斎は療治部屋に入ってきた二人に言うと、縁側に戻ってきた佳奈に、

「居間に移るから」

声をかけた。

佳奈に薬込役という藩での役職名までは言わなかったものの、霧生院が外にあって秘《ひそ》かに藩を護《まも》る紀州徳川家の隠密組織の一つで、江戸での束《たば》ねになっていることを話してから、一林斎はもとより江戸潜みの者は仕事がしやすくなった。

以前ならロクジュたち潜みの者が霧生院に来ると、患家へ薬草を届けさせたりするなど、話を聞かれまいと気を遣《つか》ったものだった。その気苦労がいまでは必要ない。

居間に出すお茶を佳奈が用意し、

「まあまあロクジュさん、宝船売りの身なりで、ハシリさんも一緒ということは、もう一つのお仕事のようですね」

言いながらそれぞれの前に湯飲みを載せた茶托《ちゃたく》を置き、盆を自分の脇に置いてそのまま座に加わった。

ロクジュは紀州徳川家の下屋敷がある千駄ケ谷《せんだがや》の町場に暮らし、おもて向きは季節によって売り物を替える際物師《きわものし》をしている。きょうは正月二日とあって、摺り物の宝船を売る派手な着物を着ている。ハシリは上屋敷のある赤坂《あかさか》に印判師として住みついているイダテンの裏長屋に、上方の同業との触れ込みで長らく草鞋《わらじ》を脱いでいる。

ロクジュもハシリも、佳奈からお茶を出されるのを恐縮と緊張の入り混じった思いで受けた。

「うぉっほん」

一林斎が咳《せき》払いをし、

(自然体にふるまうのだ)

二人に注意をうながした。佳奈はなににしろ、隠居した紀州徳川家の二代藩主光貞《みつさだ》の末の姫であり、越前《えちぜん》丹生《にう》郡葛野《かずらの》藩三万石の藩主となった松平頼方《まつだいらよりかた》こと源六の二つ違いの妹君でもあるのだ。

当人たちはそれを知らず、しかも佳奈姫はこの世には存在せず、あくまでも霧生院の娘なのだ。

一林斎の注意を受け、

「へへん、お嬢。役務を知って、すっかりこの霧生院の娘御になられましたなあ」

「お嬢ももう、われらの立派なお仲間じゃ」

ロクジュが言ったのへハシリがつないだ。以前ならその町人姿にふさわしく、佳奈の前では町人言葉を遣っていたが、いまはその必要もなくなっている。

「うふふ。わたしは以前から気づいていましたよう、この霧生院の役務を」

佳奈は強がりを言うように返した。

「さあ。そなたら佳奈の言うとおり、もう一つの仕事で来たのだろう」

一林斎は先をうながした。

「はい。私は小泉忠介《こいずみただすけ》どのからのつなぎを。ハシリはそれについての組頭の下知《げじ》をいただきたく」

ロクジュが言ったのへ、ハシリは肯是《こうぜ》のうなずきを見せた。

小泉忠介はかつて光貞の腰物《こしもの》奉行として赤坂の上屋敷にいたが、光貞が隠居して千駄ケ谷の下屋敷へ移ったときそれに同行し、町場のロクジュが小泉と一林斎とのつなぎ役となっている。上屋敷にいたころは、奥御殿の動きをつかみやすかったのだが、下屋敷に移ってからも、ご隠居の腰物奉行としてときおり上屋敷へ出向き、中奥と奥御殿の使番中間《つかいばんちゆうげん》をしている氷室章助《ひむろしようすけ》と合力《ごうりき》し、〝敵方〟の動静を探《さぐ》っている。

そのつなぎがあったようだ。

去年の暮れあたりから、奥御殿には江戸潜みの薬込役にとって、気になる動きがあったようだ。去年と言っても、つい先月のことだ。

三代藩主になった綱教《つなのり》が、腹違いの末の弟である松平頼方こと源六を秘かに亡き者にしようとしているのは、隠居光貞の正室であった故・安宮照子《やすのみやてるこ》の、

——出自《しゆつじ》の賤《いや》しき者、下賤《げせん》の血は、紀州徳川家から取り除かねばなりませぬ

との遺志を受け継《つ》いだからのみではない。

(わしの将来に邪魔となる存在)

と、看做《みな》してもいるからだ。

綱教の将来とはなにか。

(将軍になる)

ことだ。

御三家の紀州徳川家の藩主であり、しかも正室が五代綱吉《つなよし》将軍の姫君・鶴姫《つるひめ》とあっては、決して夢ではない。

そのためにも、

(身辺はすべて、高貴の出でなければならない)

綱教やその周辺の者が思っても不思議はない。安宮照子もまた、伏見宮《ふしみのみや》家の姫だったのだ。

さらに紀州徳川家の若君や姫君のなかで唯一、安宮照子の腹になる為姫《えいひめ》は出羽《でわ》米沢《よねざわ》藩十五万石の当主・上杉綱憲《うえすぎつなのり》の正室であり、そこに生まれた義周《よしちか》は高家《こうけ》筆頭の吉良《きら》家に養子入りし、吉良義周となっている。まさしく華麗なる血脈である。

霧生院の居間で、ロクジュは佳奈の淹《い》れた茶を一口のどに流し、

「綱教公の姉君にあらせられる為姫さまが、赤坂の上屋敷へお越しになり」

語りはじめた。一林斎も冴も、真剣な表情をロクジュに向けている。

「奥御殿でなにやら密談をされた由《よし》。そのとき同道して奥御殿まで入った上杉家の家臣が一人おりました。その者の名は猿橋八右衛門《さばしはちえもん》と判り、これは小泉忠介どのが調べられ、翌日には綱教公の腰物奉行の矢島鉄太郎《やじまてつたろう》どのが、桜田《さくらだ》門外の上杉家上屋敷を訪《おとの》うております。これは氷室章助どのが調べました」

「ふむ」

一林斎はうなずいた。たとえ為姫のお供とはいえ、上杉家の家臣が奥御殿まで入るのは尋常ではない。為姫と綱教が膝《ひざ》を交えた座に、猿橋八右衛門なる上杉家の家臣も同座したことは充分に想像できる。そこに一林斎はうなずきを入れたのだ。

「まだつづきがあるようだのう」

「はい」

応えたのはハシリだった。

「きょう午前、猿橋八右衛門なる者がふたたび、一人で赤坂の上屋敷に来て、中奥で綱教公と矢島鉄太郎どのとの三人で会った模様にございます。そのことを氷室どのが茶坊主から聞き出し、イダテンの長屋へ知らせに来た次第です。もちろん私も一緒にその話を聞き、千駄ケ谷に走ってロクジュと話し、これは尋常ならざることと」

「二人そろって知らせに来てくれたか。小泉や氷室のことだ。上杉家の猿橋八右衛門がいかなる人物か調べたはずだ」

「さようで。その者は、上杉家で伏嗅組《ふしかぎぐみ》の差配とのことでした」

「なんと！」

ハシリが応えたのへ、一林斎は驚きの声を上げた。冴の表情も、にわかに緊張を帯びた。

一林斎も冴も、想像することは一つだった。小泉忠介も氷室章助も、さらにイダテンもハシリもロクジュもそれを直感したからこそ、早々に霧生院へ伝えに来たのだ。理解できない表情をしているのは、佳奈だけだった。霧生院の〝娘〟でも、まだ裏の役務を聞かされただけでは無理もない。佳奈がついて行けないまま話は進んだ。

「そこでイダテンと相談したのですが、このことを国おもての大番頭に知らせたほうがよいのでは、と」

佳奈がようやく、理解できた表情になった。だがそれは、大番頭とは児島竜大夫《こじまたつたゆう》であり冴の父親、つまり自分にとっては祖父だということのみである。

「相分かった。したが、綱教公と上杉との結びつきには、もうすこし確証が欲しい。頼方さまの江戸入りは弥生《やよい》（三月）だ。それまでに〝敵〟の顔を慥《しか》と知っておかねばならぬゆえなあ。そなたら、相互のつなぎを綿密にのう」

ロクジュとハシリは無言でうなずいた。

ハシリはいくぶん不満顔だった。この場で、

『よし、行け』

との下知がもらえるものと思っていた。ところが一林斎はことのほか慎重だった。

ハシリの不満顔に気づいたか、

「上杉家の伏嗅組が綱教公の意向を汲んだとなれば、われら紀州徳川家の薬込役にとって、ことは重大だ。間違いなくそうであるか、さらなる確証を得たい」

一林斎はおもむろに言った。ハシリは納得の表情に戻った。だが佳奈は、

「ん?」

また小首をかしげた。〝上杉家の伏嗅組〟につづいて〝紀州徳川家の薬込役〟などと、佳奈にとっては初めて耳にする、なにやら得体の知れない名が出てきたのだ。しかもそれらは、ハシリと一林斎の口からきわめて自然に出ている。

話に一段落がつき、

「さあさあ、お二人とも。せっかくですからお正月の雑煮を食べていきなされ。さあ、佳奈」

冴が佳奈をうながし、台所へ立とうとしたのへロクジュとハシリは、

「滅相《めっそう》もありません! われらが用意を」

「そう。われらは男所帯ゆえ、慣れております」

ほとんど同時に言った。

「うぉっほん」

一林斎がまた咳払いをし、二人は浮かしかけた腰をもとに戻した。

二人が冠木門まで佳奈に見送られ、帰ったのはまだ陽の高い時分だった。

冠木門から佳奈は玄関に走り戻り、

「トトさま！　カカさま！」

廊下に足音を響かせた。人の前では父上、母上と称《よ》ぶが、〝家族〟三人になれば、やはりトトさま、カカさまの呼び方が口に出る。一林斎と冴には佳奈の成長は頼もしいが、やはり以前のままも嬉《うれ》しいものだ。

居間で二人は佳奈の足音と声を聞き、顔を見合わせた。さきほどからの佳奈の表情で、なにを訊《き》こうとしているのか分かる。

（話そう）

無言のうなずきを交わした。

三

畏《かしこ》まって話すよりも、と療治部屋と待合部屋のならぶ陽射しのある縁側に出て、一林斎は鍼の手入れにかかり、冴は粉薬を秤《はかり》にかけて分包の作業を始めた。

「あらあら。きょうはもう患者さん、来そうもありませぬのに」

と、佳奈は一度居間に戻ったが二人のあとにつづき、薬研《やげん》を抱えて縁側に出た。

「ま、佳奈もそこに座れ」

一林斎に言われ佳奈も縁側に座った。

しばし、ぎこちない無言の数呼吸がながれた。

「父上、母上。さきほどの話のなかで」

佳奈が薬研で薬草を挽《ひ》きながら口を開いた。裏の仕事のことになれば緊張し、畏まったもの言いになる。

「なんじゃ」

一林斎は視線を砥石《といし》にあてた鍼の尖端《せんたん》に落としたまま、
言葉だけ返し、冴も秤の目盛から目を離さない。

果たして佳奈の問いは、

「ハシリさんと父上のお言葉の中に出てきました……」

と、思ったとおりのものだった。薬込役や伏嗅組とは何かの問いだ。

「おまえさま」

冴がうながし、

「ふむ」

一林斎はうなずき、

「甲賀《こうが》や伊賀《いが》の名は、おまえも知っているだろう」

「は、はい」

いきなり出てきた戦国忍者群に、佳奈はきょとんとした表情になった。

「それらには薬草や医術に長《た》けた者も多くいてなあ」

一林斎は話しはじめた。

太平の世になってから行き場を失ったそれらを、紀州徳川家の始祖となった家康《いえやす》公の第十子の頼宣《よりのぶ》公が召し抱え、和歌山城の奥向き警備の体制を整えると同時に、藩主直属の隠密衆として城下や諸国の状況偵察にも当たらせたのが、

「薬込役であってのう。霧生院家は甲賀のながれを汲み、薬込役のなかでも薬学と医術の中枢をなし、いまに至っておるのだ」

「そんな由緒が……それならカカさまはくノ一……わたしも」

佳奈は思っていたよりも重い霧生院の内容に、緊張の色を顔に浮かべた。

「おまえの爺《じじ》さまはなあ、その薬込役の」

「大番頭さま」

と、佳奈は冴に視線を向けた。冴はかすかにうなずいた。これまでの和歌山から江戸への住まい替え、霧生院での鍼灸や薬学の薫陶《くんとう》、さらに療治処の娘には縁のなさそうな手裏剣や苦無《くない》での武術まで、一つひとつ納得がいく。まさに、くノ一だ。

「そういうことだ」

一林斎は言い、縁側で新春の西日を受けながら、さらにつづけた。

上杉家の伏嗅組である。紀州徳川家の薬込役と似ている。

武田勝頼《たけだかつより》が織田信長《おだのぶなが》に滅ぼされたとき、隣国の上杉家は武田軍団の生き残った透破《すっぱ》（忍者）たちを多数召し抱え、諸国偵察の隠密衆を組織した。これを伏嗅組と呼んだ。家康に従って大坂《おおさか》の陣に挑《いど》んだ上杉勢は、不慣れな摂津《せっつ》の地に狼狽《ろうばい》したが、それを補《おぎな》ったのが伏嗅組であり、その活躍はめざましかった。だが戦国の世が終わると出番はなくなり、米沢に籠《こも》って領内の法度違背《はっといはい》の探索を任務とするようになった。

かつての栄光を紐解《ひもと》けば、どの伏嗅衆にも悶々《もんもん》としたものがあるはずだ。領外に出ての隠密役務を与えられたなら、勇躍活動することだろう。

上杉家でも伏嗅組は藩主直属で、その差配の猿橋八右衛門が、近ごろ赤坂の紀州徳川家の上屋敷に出入りしはじめたのだ。

（そこと敵対するのか）

佳奈は緊張のあまり、西日を受けた顔が蒼《あお》ざめた。

だが、

「どうして？　紀州徳川家の隠密と上杉家の隠密が？」

佳奈にすれば、当然の疑問である。

一林斎はつづけた。

紀州徳川家と上杉家、それに吉良家との血脈である。

吉良上野介《こうずけのすけ》の名が出てきたところで、

「あぁ、あのお爺《じじ》さま」

と、笑顔を見せたものの、それは上野介の療治に佳奈も薬籠持《やくろうもち》として同座し、佳奈の利発さが上野介にいたく気に入られたということに対してだけであり、親戚《しんせき》同士の紀州徳川家と上杉家の隠密群が対峙《たいじ》するかもしれないことへの疑問は解消されず、かえって複雑さを増すばかりである。いつの間にか、薬研を挽く佳奈の手も、天秤皿《てんびんざら》に粉薬を載せる冴の手も、鍼の尖端を砥ぐ一林斎の手も止まっていた。

佳奈の表情を読み取り、一林斎と冴はふたたび視線を合わせた。

冴が話しはじめた。佳奈は冴を見つめ、一林斎は冴がどう話すか、視線を鍼に向けたまま神経は耳に集中している。

「藩内にも争いがあり、なかには罪なき人を殺《あや》めようとしている一群もあります。そのようなことがあってはならぬと薬込役は思慮し、実力でさような悪《あ》しき動きを封じねばならぬ場合もあると覚悟を決めているのです」

「えっ。だったら殺し合い？」

「それを防ぐのです」

「…………」

佳奈は考え込む風情《ふぜい》になった。さきほどの話のなかに、紀州徳川家当代の綱教公に上杉家に輿《こし》入れした為姫、伏嗅組の差配・猿橋八右衛門らの名が出てきた。

（それらが敵に？）

なんとなく、そのような話のながれだった。それらを佳奈は頭の中でまとめようとしている。

霧生院を要《かなめ》とする江戸潜みの薬込役が護ろうとしているのは、もうすぐ参勤交代で江戸へ出て来るという、

「松平頼方さま？　どなたなのじゃ、そのお方は」

この問いに、冴は数呼吸の間を置き、

「越前に葛野藩という三万石を領しておいでの若い殿さまじゃ。そのお方も紀州家と

深い縁のあるお方でのう。それゆえ、お命を狙われる不憫《ふびん》なお人なのじゃ」

冴の言葉に一林斎はハッとした。松平頼方の名を、冴は佳奈の前で口にしたのだ。

すかさず冴は、補足するように言った。

「ほら、佳奈も内藤新宿《ないとうしんじゆく》の料亭で会った、徳田光友《とくだみつとも》さまと血縁のお方でなあ」

「あぁ、あのご隠居の爺さま」

佳奈の顔がほころんだ。佳奈にとって徳田光友は、初めて人体に鍼を打った人であり、それを褒《ほ》めてくれた人なのだ。それだけでも忘れられない人である。

佳奈の表情を見て、冴は思い切ったようにつづけた。

「あの徳田光友さまこそ……」

一林斎の心ノ臓は早鐘を打った。徳田光友こそ紀州徳川家の二代藩主・徳川光貞であり、松平頼方こと源六の父親であり、佳奈の父親なのだ。

（やめろ！）

一林斎は胸中に叫んだ。だが冴はつづけた。

「わたくしたち江戸潜みの差配ばかりか、国おもても含めた薬込役全体を統《す》べておいでなのです」

「えぇえ！　あのご隠居の爺さまが！　ならば、国おもての爺さまより偉いのか」

徳田光友が〝藩の偉い人〟であることは一昨年《おととし》の夏、目黒《めぐろ》不動へ参詣に行ったおり行人坂《ぎょうにんざか》の茶店の縁台で、佳奈に霧生院の秘密を明かしたなかで告げた。そのとき荷物持として留左も一緒だった。松平頼方こと源六の一行と鉢合わせになりかけた、あのときのことだ。

「それは知りませなんだ」

言いながらも佳奈は、

(あの徳田の爺さまならば)

と、得心した表情になった。

しかし一林斎は、なお佳奈の胸中に残っているであろう疑念を思い、

「われら薬込役はなあ、松平頼方さまをお護りするのが役務だが、決して上屋敷の綱教公や上杉家に嫁がれた為姫さまに弓引くものではない。戦うのはあくまでも、頼方さまを狙おうとする者のみだ。しかもそれを人知れず遂行する。それが薬込役の役務というものじゃ」

冴のあとをつないだ。みょうな理屈だが、総差配が徳田光友であることに、

「はい」

佳奈はうなずきを返した。

太陽は西の空に大きくかたむき、夕陽となっていた。

「もうこんな時刻なんですねえ。佳奈、夕餉《ゆうげ》の支度を」

「はい」

肩の荷を降ろしたか、冴が軽やかに言ったのへ佳奈は返し、薬研をかたづけにかかった。

一林斎もホッとした思いで縁側から庭に降り、

「ちと早いが、きょうはもう門を閉めるか」

と、冠木門に向かった。

佳奈にとって、きょうは決して衝撃ではなかった。衝撃はやはり一昨年の夏、霧生院の秘めた役務を打ち明けられたときだった。若い佳奈には順応性があったのか、それとも徳田光友との出会いなど、一連の段階を踏んだためか、きょうの話はきのうの三日月のような初日が、みるみる本来の姿へ戻ったように、秘められたなかでの自分の立ち位置を明確にするものであった。

むしろ一林斎と冴にとってこそ、きょうの展開は思わぬものだった。佳奈に秘めるべきは秘め、他はすべてを話したことに満足感があった。

秘めたこととはむろん、徳田光友が徳川光貞であり佳奈の実の父であることと、松平頼方がかつて佳奈と一緒に和歌山城下を駈《か》けめぐった源六であることの二点だ。それをいつ打ち明けるか、あるいはその日が永遠に来ないか……すくなくとも現在《いま》ではないことに、一林斎と冴には暗黙の了解がある。

だが、話したなかに嘘が一点あった。一林斎が言った、綱教や為姫を〝敵〟とはしていないとしたことだ。

佳奈が寝静まってから、一林斎と冴は淡い行灯《あんどん》の灯りのなかに、声を忍ばせた。

一林斎が機会を得て、増上寺《ぞうじょうじ》門前の料亭で綱教に霧生院家秘伝になる必殺の埋《うず》め鍼《ばり》を打ったのは、ちょうど二年前のいまの時節だった。

「まだ効きませぬか」

冴は問うが一林斎には、

「分からぬ」

返す以外にない。ひとたび対手の皮下にそれを埋め込めば、幾本もの極小の鍼の尖端が体内をめぐり、心ノ臓に達してその動きを止めるのはいつか、誰にも推測できない。十日後か一月《ひとつき》後か、それとも一年後か二年後か。安宮照子に打ったときには四月《よつき》目に、不意に心ノ臓が止まってことりと逝《い》った。いかなる医者にも診断が不可能な症状である。十年を経《へ》てそのように息を引き取った例もあるのだ。

「きっと、証《しょう》はあらわれる」

低く言った一林斎に、冴は無言でうなずいた。

四

一林斎配下の江戸潜みの薬込役たちは動いた。下屋敷の小泉忠介は光貞の腰物奉行の立場を活《い》かし、上屋敷の綱教の腰物奉行・矢島鉄太郎と幾度か会い、綱教の動向を探った。矢島鉄太郎こそが、いまは敵将・綱教の手足となっているのだ。

その者から直接、綱教の動向を聞く。効果はある。しかも隠居の腰物奉行が当代の腰物奉行と会うことに、なんら不自然はない。これには隠居の光貞が積極的に後押しをした。一林斎への松平頼方こと源六を護れとの下知は、光貞から出ているのだ。

下屋敷で〝お犬さま〟を防ぐ憐《あわれ》み粉《こ》を調合し上屋敷に届ける役付中間のヤクシも、その立場を活かした。上屋敷に憐み粉を運んだとき、小泉忠介の口利きで、上杉家の猿橋八右衛門にもその製法を教えたのだ。

これには思わぬ効果があった。為姫の要請でヤクシが桜田門外の上杉家上屋敷に招かれ、上杉家の侍医に調合を詳しく説明し、さらに数人の家士や腰元たちに、撒《ま》くときの間合いなど、その使用法まで実地に伝授したのだ。もちろんそれは、綱吉将軍の〝生類憐みの令〟に抗《あらが》う行為であり、秘かにおこなわれた。だからこそ、上杉家の秘かな動きに出会う機会もそこにあった。おもに伏嗅組の者が、ヤクシから憐み粉の撒き方を習得したのだ。路傍で犬に遭遇すればこれを撒き、そ知らぬふりをしてその場を離れる。撒き方の間合いをはずせば、逆に襲われることになるから、扱い方にも工夫がいるのだ。

これで一林斎考案になる憐み粉を秘かに調合し、家臣や外出時の腰元たちに持たせる大名家は紀州徳川家以外にも、播州赤穂《ばんしゅうあこう》藩浅野《あさの》家、高家筆頭の吉良家、出羽《でわ》米沢藩上杉家の四家となった。もちろん独自に調合している大名家やその他の武家、商家もある。

だが、一林斎が考案した憐み粉が最も効果的だった。なにしろ戦国忍者が敵の機先を削ぐために使った胡椒玉《こしょうだま》から考えついたもので、魚の干物をさらに乾燥させて粉状にすりつぶし、そこへ胡椒や唐辛子の粉をまぜたものだ。犬に魚肉は効く。匂いを嗅《か》いだ犬は獲物を求めあたりを嗅ぎまわるが、匂いと粉だけで固形物はない。さらに嗅ごうとすればくしゃみに襲われ、それでも犬は獲物を見つけようと地面を舐《な》めはじめる。犬に襲われ、蹴ったり打ち据えたりすれば、遠島か死罪になる世だ。

赤坂の上屋敷で奥御殿と中奥の使番《つかいばん》中間となっている氷室章助も、外からの来客にも内から出る矢島鉄太郎の動向にも目を光らせた。矢島が供を連れずに外出すれば即座に町場に住むイダテンとハシリにつなぎを取り、二人のいずれかが矢島を尾《つ》け、その行き先を確認した。それが上杉家だったことが幾度かあった。

それらの動きは逐一、ロクジュやイダテン、ハシリらが霧生院に伝えた。

「よし。間違いなし」

と、江戸潜みの薬込役たちに召集をかけたのは、月があらたまった如月《きさらぎ》（二月）の五日だった。

集まるのはいつもの日本橋《にほんばし》北詰の小ぢんまりとした割烹《かっぽう》だ。女将《おかみ》には頼母子講《たのもしこう》の集まりと話している。これなら武士に町人、医者に中間と、一堂に会するにはちぐはぐな身分でも不思議はなく、むしろそれが自然に見える。

午《ひる》にはまだ間のある時分だ。

「佳奈。きょうは薬籠持としてついて来い」

冴と話し合ったすえ、一林斎が決断したのだ。冴は一度、一林斎の名代で〝頼母子講〟に行ったことがある。そこに出るということは、薬込役江戸潜みの一員となったことを意味する。

これまで一林斎が〝頼母子講〟に出向くときは、

「――ちょいと気になる患家があるので」

などと理由をつけ、佳奈が訝《いぶか》らないように気を遣っていたのだがいまは、

「えっ」

逆に佳奈は驚きの声を上げ、すぐにその意味を解し、

「トトさま、いえ、父上。いいのですか」

緊張と喜びの混じった表情になった。

「来いと言っているのだ」

「はい」

佳奈は勢いよく返し、

「カカさま、いえ、母上。行ってまいります」

たすきに前掛のまま薬籠を小脇に抱えた。一林斎は筒袖に軽衫のいで立ちで、腰には一尺（およそ三十三糎《センチ》）余の長尺《ながしやく》の苦無を帯びている。途中で薬草を見つけたとき根を掘るための道具だが、武器にもなる。この扱いに一林斎は長《た》けている。

佳奈も帯に五寸（およそ十五糎）ばかりの苦無を差している。薬籠を抱えて苦無を

帯に挟んでおれば、他人《ひと》はそれを薬草掘りの道具と見るが、佳奈には戦国忍者さながらの飛苦無となる。冴から修練を受けている。和歌山城下の組屋敷にあったころ、冴は男の薬込役にも引けを取らない手裏剣と飛苦無の名手だったのだ。

冠木門《かぶき》のところで冴に見送られ、佳奈は初めての〝頼母子講〟に出かけた。

神田の大通りに出れば日本橋は一直線だが、

「あれ、父上。どこへ行きますのじゃ」

と、佳奈が不思議がったように、その道順は取らない。毎回のことながら神田の大通りを逆方向に進んで柳原土手《やなぎわらどて》に出る。そこには神田川沿いの柳並木とともに古着屋と古道具屋が十六丁（およそ一・八粁《キロ》）ほどもつづいている。板塀の常店《じょうみせ》もあれば風呂敷一枚で商《あきな》っている行商人もいる。葦簀《よしず》張りの茶店や矢場もあって人が群れ、食べ物の屋台も出ている。なるほど留左が野博打《のばくち》の根城にしそうなところだ。

そこを過ぎれば神田川は大川《おおかわ》（隅田《すみだ》川）に注ぎ込み、両国《りょうごく》橋に出る。その両国橋の広小路から日本橋に向かう。これだけ遠まわりをすれば、あとを尾《つ》けている者がいるかどうかが判る。

「こうまでして」

と、佳奈は納得に緊張を乗せ、うなずいた。

日本橋北詰の割烹に着いたのは午前《ひるまえ》だった。

奥の部屋だ。襖《ふすま》を開けると、

「えぇえ！　お嬢！」

一同から驚きの声が飛んだ。一人だけ除き、全員がそろっている。

下屋敷の腰物奉行の小泉忠介と役付中間のヤクシ、千駄ケ谷の町場に住む際物師のロクジュ、赤坂の町場に住む印判師のイダテンとハシリの五人だ。武士に町人に中間のいで立ちが一堂に会している。そこへ鍼医とその〝娘〟が加わる。

この場に来ていない江戸潜みは、上屋敷で中奥と奥御殿の使番中間をしている氷室章助である。ヤクシが上屋敷に憐み粉を運んだとき、それを受け取り奥御殿に運んでいる。ヤクシが下屋敷を留守にしたとき、氷室が上屋敷にいたなら、二人がなにやらつながっていそうなどとは、誰も思わないだろう。そこまで気を遣っているのだ。光貞が隠居する前と異なり、現在は上屋敷すべてを敵地とみなければならないのだ。

それに、ここへ来るにも、遠まわりをしたのは一林斎と佳奈だけではない。全員がそれぞれに尾行の有無《うむ》を警戒しながら脇道にそれ、枝道を抜け、割烹の暖簾をくぐっている。

「うぉっほん」

一林斎のうしろで廊下に膝をついている佳奈へ、驚いた一同が思わず威儀を正そうとする。咳払いと同時に一林斎は、

「年が明けてからのう、娘には松平頼方公をお護りすることも含め、すべて話した。よって、佳奈はもうわれらの確たる一員だ。手裏剣ならそなたらに引けは取らんぞ。なにしろ冴仕込みだからなあ」

「おぉぉお」

一同から声が上がった。襖を開けたままそこまで話せるのは、そこが一番奥の部屋であり、しかも手前のひと部屋も借り切って空き部屋にしているからだ。襖一枚で仕切られたとなりの部屋に他人が入り、盗み聞きされるのを防ぐためだ。

それに、一林斎は薬込役の者と話すとき、〝頼方公〟とは言わず〝源六君〟と言っていた。そこをいま、わざわざ〝松平頼方公〟と表現した。

頼方が源六であることは、

(お嬢に話していない)

全員が即座に悟った。同時に、きょうの談合に佳奈をともなった理由《わけ》にも気づいた。きょう来ていないのは氷室章助だ。

松平頼方こと源六は和歌山城下にあってまだ幼かったころ、出自の関係で城代家老

の加納《かのう》家の屋敷で育てられた。このころから源六は不羈奔放《ふきほんぽう》で、いつも屋敷を駈け出ては城下潜みの一林斎と冴の薬種屋に走り、そこで佳奈を連れ出して一緒に城下の町や村、紀《き》ノ川の河原や海辺で土まみれ泥まみれになって遊んでいた。源六が六、七歳、佳奈が四、五歳のころだ。

このとき、薬込役の組屋敷から中間として加納屋敷に入ったのが氷室章助だった。氷室は屋敷を飛び出た源六が、一林斎の薬種屋に入るまでぴたりと護衛につき、夕刻近くにまた薬種屋に行き、一林斎に見護られ遊び疲れて帰って来た源六を待って、屋敷まで連れ帰っていた。源六にとっては忘れ得ない楽しかった日々であり、佳奈も同様に氷室章助の顔は覚えていよう。会えば佳奈は驚き、兄《あに》さんこと源六のその後を訊くだろう。答えてはならない。答えれば〝敵〟は、佳奈の出自に気がつくだろう。世には、源六君の同腹の妹は〝死産〟だったことになっているのだ。

「これは心強い。よろしくお願いしますぞ、お嬢」

「はい」

小頭《こがしら》格の小泉忠介が言ったのへ佳奈はうなずき、

「これで儂《わし》も仕事がしやすうなってのう」

一林斎が言ったのへ、ハシリとロクジュがうなずきを返し、江戸潜みの談合は始まった。

一同は上座も下座もなく円陣に座を取り、佳奈は一林斎の横に座っている。

もはや、当代藩主の綱教とその右腕で腰物奉行の矢島鉄太郎が為姫を通じ、上杉家の伏嗅組を動員したのは明らかである。綱教が将軍位に座ることになれば、為姫を擁《よう》する上杉家も恩恵を受けることになる。

そうした背景を踏まえ、いま江戸潜みの薬込役たちが鳩首《きゅうしゅ》するのは、

(敵の出方はいかに)

である。

松平頼方こと源六は、その利発さから綱吉将軍から越前の葛野藩三万石を賜《たまわ》ったもののの、お国入りはせず藩政は城代家老の加納久通《ひさみち》に任せ、古巣の和歌山で奔放に暮らしている。久通はかつて、加納屋敷で源六の十一歳年上の〝兄〟として、その性格を知り尽くしている。源六も久通になら、安心してすべてを託《たく》すことができた。

だが、松平頼方には葛野藩主としての参勤交代がある。江戸へ出なければならない。それがこの弥生(三月)である。

「襲って来るとすれば、その道中だろう。目標は一点のみゆえ、行列が百人だろうが千人だろうが関係はない。知りたいのは上杉家がそこに割く伏嗅組の陣容だ。知る方

途はないか」

「猿橋八右衛門の動向なら探り得ますが、出陣に配下の者ら一同打ちそろってなどあり得ないでしょう。陣容を知るのはちと困難かと」

一林斎の問いにロクジュが応え、

「頼方公の和歌山城ご出立《しゅったつ》のときから、われら江戸潜みの者が幾人か道中潜みにつき、それらしき者を探る以外にないでしょう」

小泉忠介が言った。

道中潜みとは行列の前後に付かず離れず潜行し、周辺に挙動不審な者がいないか探ることである。不審者がおれば、目に見えぬところでの戦いとなる。

和歌山からは当然、大番頭の児島竜大夫が幾人かの道中潜みを出すはずだ。それに葛野藩城代家老の加納久通も行列に加わることになるだろう。前回もそうだった。

「大番頭と加納どのとの連携が必要だ。文《ふみ》を書くまでもない。ハシリ」

「はっ」

「そなたはあす和歌山に発ち、この旨を大番頭に伝え、加納どのには大番頭からつなぎを取ってもらうことにしろ。そのままそなたは大番頭の許《もと》に留まり、行列と一緒に江戸へ向かえ。委細《いさい》については、頼方公参勤の日程が決まってからとする」

一林斎は決を下し、部屋には昼の膳が運ばれた。

佳奈は終始、緊張の面持ちで、またこのような場に出たことを誇らしく感じながら一同の言葉に聞き入っていた。

座がなごやかになってから、

「上杉家の伏嗅組には、くノ一はおりますのか」

一林斎のかたわらから一同に問いを入れた。佳奈にすれば、もし対手にくノ一がいたなら、

(わたしも)

その思いがあるのだろう。

「分かりませぬなあ」

「こういうことは、お嬢。蓋《ふた》を開けてみなければ判らねえんでさあ」

小泉忠介が応え、イダテンが職人姿にふさわしい言いようでつないだのへ、佳奈は引き下がらざるを得なかった。

膳が進むなかに、

「話は変わりますが、為姫さまの嫁がれた上杉家と強い血縁のある吉良さまですが」

と、小泉忠介が話題を変えるように言った。

「きのうご隠居の光貞公から聞いたのですが、吉良さまがご指南される勅使《ちょくし》下向《げこう》の饗応役《きょうおうやく》に、伊予吉田《いよよしだ》藩の伊達左京亮《だてさきょうのすけ》さまと、播州赤穂藩の浅野内匠頭《たくみのかみ》さまに決まりましたそうな」

「えっ。浅野さま！　知っておりまする」

佳奈は声を上げ、霧生院で治療をしたことを話し、ついでのようだが吉良上野介の治療もしたことがあり、上野介の外出時の侍医になっていることも話した。

それは一同も知っているが、まとめて聞くのは初めてだ。

「そりゃあ奇遇だ。したが、伊達家も浅野家も大変でしょうなあ」

ハシリが話題をつなぎ、

「今年の勅使下向はいつごろかのう。在府の大名は総登城じゃ」

「確か、勅使の江戸ご到着は弥生（三月）の十日前後で、饗応の終了は十四日とか」

一林斎がなにげなく訊いたのへ小泉が応え、この場ではそれ以上にこの話題が進展することはなかった。

割烹を出るときも、それぞれが間を置き、まわり道をして帰った。

吉良上野介と浅野内匠頭の名がふたたび出たのは、その日の霧生院の居間で、夕餉の座だった。

「浅野さまが勅使饗応役とは、格式張った典儀が連日つづき、気苦労が重なろうに、あの痞《おこり》が気になるのう」

「はい。わたくしも佳奈から聞いたとき、まっさきにそれを思いました」

箸《はし》を進めながら、一林斎が言ったのへ冴は応えた。痞とはいったん発症すれば前後の見境《みさかい》もつかなくなる、気の病だ。饗応の四日間、内匠頭は江戸城内の伝奏《てんそう》屋敷に詰めることになる。

三年前、内匠頭はこれを神田の大通りで発症し、霧生院に担ぎ込まれ、一林斎が鍼と薬湯で癒《いや》したのだった。それ以来、霧生院と浅野家のつながりができたのだ。内匠頭も、吉良上野介と同様、愛らしく利発な佳奈をいたく気に入っている。

「せめてその四日間、からりと晴れた天候であればいいのだが」

「そう。それを祈るばかりです」

と、その病は天候にも左右されるのだ。

「あらあら。そんなに心配なら、浅野家の侍医の寺井玄渓《てらいげんけい》さまに話し、父上も伝奏屋敷とやらに詰め、浅野さまのお側にいてあげればよろしいのに」

佳奈は屈託《くったく》なく言うが、将軍家や大名家を相手に、そのようなことができるわけがない。

この日の霧生院家の夕餉は、いくらか重苦しいものになった。

五

弥生（三月）を迎えた。

日の出前だった。裏庭で一林斎が井戸の水を汲み、桶に移した。

「いよいよですねえ、おまえさま」

冴が背後から声をかけた。きょう一日の米をとぎに出てきたのだ。台所のほうで火打石を打つ音が聞こえるのは佳奈だ。いつもの霧生院の朝である。

「ふむ」

一林斎はうなずき、バシャリと冷たい水を顔にあてた。

日本橋北詰の割烹での談合の翌日に江戸を発ったハシリから、三度飛脚の文《ふみ》が届いたのは、きのうの夕刻だった。封を切るなり一林斎は佳奈を呼び、書状を見せた。文は江戸と京都を月に三度往復する一般の定期の飛脚便で来たが、内容は、

「——え、なんです？　みょうな符号のような」

佳奈が言ったように、薬込役にしか判読できない符号文字で書かれていた。

「――おまえもこれから、この文字を覚えるのだ」

「――はい」

佳奈は返した。

二年前の夏、下目黒の富士見《ふじみ》茶亭で霧生院の隠された役務を話し、そして今年の新春に薬込役の話をしてから、佳奈の薬草学、鍼灸の施術、漢籍、さらに手裏剣などの武術の修練にも、一段と身が入るようになっている。

符号文字を見せるのはきょうが初めてだ。ともかく読んで聞かせた。

その内容は、まず松平頼方の一行が四日前に和歌山を発ったことが認《したた》められていた。冴が〝いよいよ〟と言ったのはこのことだ。

『窮屈じゃのう、駕籠《かご》は』

一林斎にも冴にも、いま道中にある源六の声が聞こえてくるようだった。

さらにハシリの符号文字は、和歌山を出立した頼方の一行と、加納久通が差配する葛野藩家臣団が、中山道《なかせんどう》が東海道に交わる草津《くさつ》で合流し、そこから本格的な大名行列を組んで東海道を江戸に向かうと記していた。

綱教の意を汲む和田利治《わだとしはる》なる尾州《びしゅう》潜みを一昨年の秋、ハシリ、ロクジュ、イダテンの三人が名古屋に出張《でば》って〝抜忍《ぬけにん》〟として斃《たお》し、竜大夫がその後釜《あとがま》に熊野《くまの》水軍流のながれを汲む浜辺波久《はまべなみひさ》を据えた。これにより、行列が東海道を経ても内部から襲われる懸念はなくなった。警戒すべきは、猿橋八右衛門が差配する上杉家の伏嗅組である。その陣容が分からない。

文はさらに、行列にはハシリの配下に竜大夫が九人の道中潜みをつけたとある。ハシリと合わせ十人になる。これだけいれば、ひとまず大丈夫だろう。

「――竜大夫の爺《じい》さまは出ておいでではないのですか」

符号文字に目をやりながら、佳奈は訊《たず》ねた。

出て来ない。三代綱教の忠臣で城代家老の布川又右衛門《ふかわまたえもん》を江戸に出さず、和歌山城内に釘づけておくためには、薬込役大番頭の児島竜大夫も城下の組屋敷に残り、目を光らせておかねばならないのだ。

佳奈は残念がった。みずからも薬込役となった姿を、お爺さまの竜大夫に見てもらいたかったのだ。

竜大夫が和歌山に残るように、一林斎もぎりぎりまで江戸を離れられない。猿橋八右衛門の動向を探り、その動きにみずからも合わせるためだ。

「すでに和歌山をご出立なら、江戸に着くのは十日前後になろうかなあ。そうそう、将軍家では小泉の言っておった勅使饗応のころとちょうど重なるなぁ」

「はい。頼方公は柳営《りゅうえい》（幕府）の行事など無頓着《むとんちゃく》に、悠然と江戸に入られましょうが、浅野さまのことが気がかりです」

「ふーむ」

冴が言ったのへ、一林斎は重く返した。一林斎も気になるのだ。


陽が昇った。

「へへん、なんですかい。こんなに朝早く」

留左が冠木門に入って来た。居間ではちょうど霧生院家の朝餉が始まるところだった。顔を洗ったあと、一林斎が佳奈を留左の長屋へ呼びにやらせたのだ。

冴が居間に呼び入れると、

「まだ寝ているところへお嬢が来なさるもんで、焦《あせ》っちまいやしたぜ」

まだ眠そうな顔で留左は居間に入って来た。

「ま、座ってめしでも喰っていけ」

「へえ」

留左は腰を下ろし、

「喰ったらひとっ走り、赤坂のイダテンにロクジュへつなぎを取って、一緒にここへ来るように言ってきてくれ」

「へいっ、ようがす」

赤坂のイダテンこと印判の伊太《いた》の長屋には、もう幾度か足を運んでいる。表情から眠気が吹き飛び、食欲も進んだ。留左は一介の穀潰《ごくつぶ》しのような遊び人だった自分が、町の療治処へなかば奉公人のように出入りし、しかもそこが紀州徳川家の極秘の役務を帯びていて、その使番まで仰せつかるとはもう嬉しくてしようがないのだ。

一林斎にしても、秘密を明かす前なら、火急の用で留左を赤坂に走らせねばならなかったときは、薬草を届けてくれなどと理由をつけたものだった。


イダテンとロクジュがそろって霧生院の冠木門を、

「また腰が痛くなりやして」

「あっしは足がむくみやしてねえ」

と、くぐったのは午《ひる》にかなり近い時分だった。

待合部屋で待っていた年寄りに、

「あんたら、まだ若いのにどうしたことかね」

などと冷やかされながら待ち、二人の番が来たとき、あとに待っている者がいなかったのはさいわいだった。

それでも一林斎は、

「もう、頼方公は和歌山を出立しておいでだぞ」

と、声を落とし、用件に入った。

冴はむろん、佳奈も同座している。まさしく〝隠密家族〟である。

「いよいよですか」

「して、われらはいかように」

と、イダテンとロクジュはひと膝まえにすり出た。

一林斎はハシリからの文の内容を話し、

「あす発て。ハシリと合流するのは、そなたらには懐かしい名古屋城下の熱田《あつた》あたりかのう」

一林斎は命じた。名古屋城下の熱田といえば、イダテン、ロクジュ、ハシリの三人が、敵方についた抜忍の和田利治を港の沖合で葬《ほうむ》ったところだ。新たな尾州潜みとなった浜辺波久には、竜大夫から知らせが行っていることだろう。

薬込役において、こまごまとした指示は必要ない。目的さえはっきりしておれば、

臨機応変に戦うのが薬込役の特徴だ。目的は光貞から下知された、

――松平頼方を護ること

である。

さらに一林斎と冴には、

――佳奈を秘かに護れ

このことがある。同時にそれは、国おもての竜大夫を含め、江戸潜みたちの暗黙の了解となっている。

あす出立するイダテンとロクジュに、一林斎は一つだけ注文をつけた。

「敵の幾人かを確認しても、全容を把握するまで手出しをしてはならない。こちらの陣容を覚られないためだ。ただし防御に必要とあれば、この限りではない。儂は猿橋八右衛門の動向さえ判れば、それに合わせて動く。場合によっては、儂も道中潜みに出るかもしれぬ」

「はーっ」

二人は胡坐居《あぐらい》のまま、両の拳《こぶし》を療治部屋の畳についた。

ハシリにつづき、ロクジュとイダテンも道中潜みに出れば、江戸の町場において霧生院とつなぎを取れる者がいなくなる。

「そのあいだ、十数日になろうかのう。留左に赤坂の長屋で留守居をしてもらう。その旨、下屋敷の小泉とヤクシ、上屋敷の氷室に伝えておけ。こちらからつなぎが必要な場合は」

「わたくしが留さんに伝えるか、直接お屋敷へ氷室さんを訪ねて行きます」

冴が言ったのへ、

「あらら。そのくらいならわたしが参りますのに」

佳奈が口を入れた。

一同は内心ハッとした。

日本橋北詰の割烹に行ったとき、氷室章助は来ていなかったが、話の内容からそのような名のお仲間がもう一人いることは分かる。そこへ佳奈を遣いに出すなど、屋敷の裏門で氷室が出て来るのを待ち、顔を見ればその場で佳奈は絶句し棒立ちになるだろう。

それだけではない。十六歳になった佳奈は、美貌であった母親の由利《ゆり》にますます似てきている。生前の由利をよく知っている一林斎と冴は、佳奈のなにげない立ち居ふるまいから、

(由利どの!!)

と、ハッとすることもあるのだ。光貞も、内藤新宿で初めて佳奈を見たとき、ハッとするなり〝わが娘〟と、直感したのだ。

もう十五年も前のこととはいえ、その美貌ゆえに国おもてで側室の由利を見て、顔を覚えている藩士がいないとは限らないのだ。

「あれあれ、佳奈。そなたは常に父上のおそばにあって、いかなるときも薬籠持を務めねばならないのですよ。このまえ日本橋の割烹に行ったように」

「そうなんですかあ」

冴がとっさに言いつくろったのへ、佳奈はなかば嬉しそうに返した。一林斎が頼方公防御の道中潜みに出るとき、

(きっとわたしも一緒に)

と、解釈したのかもしれない。

話しているところへ、

「——へへ。ちょいと十日ばかり留守居を頼まれやしてねえ」

と、両どなりや大家に告げるため、一度長屋へ帰っていた留左が身のまわりの品をまとめた風呂敷包みを背に戻ってきた。

三人は霧生院で一林斎らと昼の膳を囲んだ。ロクジュとイダテンは、佳奈と冴の給

仕に恐縮さを懸命に抑え、箸を取った。

「へへ。あっしはねえ、あんたらを本物の印判師に際物師だと思っておりやしたぜ。赤坂の長屋に薬草を届けに行ったときだって、腰高障子に〝印判師　伊太〟なんて書いてあったし」

と、留左は饒舌《じょうぜつ》だった。

昼の膳がまだ終わらぬうちに、

「冴先生！　冴さま！　佳奈お嬢さまあっ」

玄関から叫ぶ声が飛び込んできた。

男の声だが冴と佳奈をこうも慌てて呼んでいるとなれば、事態は一つしかない。

「佳奈！」

「はいっ」

冴は立ち上がって療治部屋に駈け、佳奈もそれにつづいた。

出てきたときには、二人とも前掛姿にたすきを掛け、佳奈は産婆用の薬籠を抱えていた。

男ばかりとなった居間に、玄関のほうから声だけが聞こえてきた。

「あなたはすぐ帰って盥《たらい》に湯をいっぱい用意しなさいっ。近所の人にも手伝ってもらって。さ、早く」

「は、はい」

返事はとなり町の小柳町《こやなぎちょう》に八百屋の暖簾を出している亭主だった。女房が急に産気づいたのだ。これで三度目のお産だ。

「佳奈、早く！」

「はいっ」

このとき佳奈は、正真正銘の薬籠持となっていた。

あっという間に玄関から人の気配は消えた。

「ふーっ」

一林斎は息をついた。

「へへん。というわけで、この霧生院はこの近辺じゃなくてはならないもんになっておりやしてねえ」

と、留左はロクジュとイダテンに胸を張った。

二人は得心のうなずきを返した。なるほど〝なくてはならない〟ほど、町に根付いている霧生院の日常の一端を見たのだ。まさしく遠国《おんごく》潜みの範である。

「さすがは組頭のご内儀とお嬢でございやすねえ」

「まったく、まったく」

ロクジュとイダテンは町人言葉で話しながら昼の膳を終え、留左も一緒にあとかたづけをし、三人が霧生院を出たときには、すでに待合部屋には患者が二人ほど待っていた。冴と佳奈が帰って来るまで、一林斎が一人での療治となる。

このあと一林斎は留左の長屋と大家のところへ、

『ちょいと儂の用事でのう。温泉場へ療養に出かける患家の留守居をしてもらうことになりましてなあ』

と告げに行くことになっている。一林斎が話せば、留左が博打に負けて夜逃げしたのではないことの確かな証明になる。

六

「先生にご新造《しんぞ》さんよう」

と、留左が元気なく霧生院に戻ってきたのは、赤坂の長屋に住み込んでから三日目だった。

「退屈《てえくつ》で、退屈で。もう死にそうでさあ」

留左には無理もないことだった。一日中、狭い長屋の部屋でじっとしているのだ。

「おぉ、これは気がつかなんだ。悪い、悪い」

と、一林斎は薬研と風呂敷いっぱいの薬草を用意した。薬研を挽くのはこれまで幾度か手伝ったことがあり、要領は心得ている。

「えぇえ。これで時間をつぶせってんですかい」

「薬研で薬草を挽くのは、医術にはなくてはならない、大事な仕事ですよ」

冴に言われ、縁側でしぶしぶ薬草の大きな風呂敷包みを背負い、薬研を小脇に抱えた。薬研は鉄でできており、けっこう重い。

待合部屋から肩を傷めた大工が、

「おっ、留。似合ってるぜ。それで淹れた薬湯よ、俺が飲んでやるぜ」

「こきやがれ。おめえ用にゃ、とびっきり苦《にげ》えのを挽いておいてやらあ」

声を飛ばしたのへ、留左はふりかえって返した。来たときよりも、足取りは元気になっていた。

留左は赤坂のようすを、

「まったく、誰もつなぎに来ねえんでさあ」

と、言っていた。上屋敷に目立った動きはないようだ。

佳奈も交えた夕餉の座で、

「もう松平頼方さまのお行列と、越前からの加納久通さまのご一行は、草津で合流なされているでしょうねえ。大丈夫でしょうか」

冴が心配げに言ったのへ一林斎は応えた。

「儂が思うに、猿橋どのが信玄《しんげん》公の透破のながれを汲む一廉《ひとかど》の人物なら、紀州家には甲賀のながれを汲む薬込役のいることを知っているはずだ」

「わっ。だったらどうなの、トトさま」

佳奈は〃父上〃ではなく〃トトさま〃と呼び、味噌汁の椀を持った手をとめ、弾んだ声を一林斎に向けた。

「つまりだ」

一林斎は真剣な表情で受けた。

「こたびは、状況を見るだけだ。儂ならそうする。仕掛けるのは江戸だ。時間はたっぷりとあり、頼方公の日常は、矢島鉄太郎どのから猿橋どのに伝わるだろう。機会はいくらでもある」

「まあっ。ならば主戦場は道中ではなく、このお江戸で！」

佳奈が味噌汁の椀を手にしたまま言った。

その翌々日、太陽が西の空にかなりかたむいた時分だった。霧生院の庭が不意に騒がしくなった。待合部屋の患者数人が、

「なにごと?」

障子を開けた。町駕籠が三挺、駕籠尻を庭につけたところだった。お供の者か中間が二人、駕籠についている。

療治部屋では町内の腰痛の隠居に一林斎が鍼を打ち、佳奈がその手許を凝視し、冴は薬湯を調合していた。

佳奈が、

「急患の方かしら」

立ち上がって障子を開けるなり、

「まあ!」

声を上げ縁側へすり足で出て跪《ひざまず》いた。

駕籠から出てきたのは、吉良家用人《ようにん》の左右田孫兵衛《そうだまごべえ》ではないか。

「一林斎どの、一林斎どの。おぉう、娘御も。ちょうどよかった」

左右田孫兵衛は縁側に駈け寄った。駕籠の横には中間二人と駕籠舁《か》き人足たちが片

膝を地につけ控えている。駕籠二挺は空だ。尋常ではない。

一林斎が鍼の手をとめ、

「吉良さまになにか！」

言いながら縁側に出た。霧生院は吉良家の外出時の侍医になっている。

「すぐ来てくだされ。芝《しば》の増上寺《ぞうじょうじ》でござる」

左右田は言う。勅使一行が江戸に到着する五日前である。

「わが殿が不意の胃ノ腑《ふ》の痛みにて」

臥《ふ》せったという。

空駕籠を二挺ともなっていたのは、霧生院に男の代脈《だいみゃく》はおらず、そのための配慮であろう。さすが高家筆頭の用人で気が利いている。

「父上、わたくしが」

「ふむ」

一林斎はうなずいた。以前にも上野介が将軍家の名代《みょうだい》で増上寺に参詣し、長時間の端座で気血のめぐりが滞《とどこお》る血瘀《けつお》の症状を起こし、佳奈を代脈に駈けつけたことがある。だが、こたびは胃ノ腑の痛みだという。

「それでは佳奈、行ってきなされ」

冴も言ったが、いまは留左がいない。急患が担ぎ込まれた場合など、手伝いのいないのが気にかかる。

「ならば心配ご無用に」

左右田は、中間二人をここに残しておくと言う。あるじの影響か、どこまでも気配りの利く用人だ。

佳奈は前掛にたすき掛けのまま、薬籠を抱え駕籠に乗った。一林斎も筒袖に軽衫のいで立ちだ。

駕籠舁きのかけ声とともに、三挺の駕籠尻が地を離れた。

療治処には冴と手伝いの中間二人が残った。それを頼りなく思う患者はいない。冴の産婆だけでなく、一林斎に勝るとも劣らぬ鍼の技量を町の者は知っており、療治部屋や待合部屋の患者たちはむしろ、冠木門を出る三挺の駕籠を、

（さすがはわが町の先生じゃ）

誇らしい気持ちで見送った。

療治部屋で、鍼が途中で一林斎から冴に代わった腰痛の隠居などは、療治台にうつ伏せのまま、

「いつぞやはここで、吉良さまや浅野の殿さままで、鍼療治を受けられましたのじゃ

なあ」

　ありがたそうに言っていた。

　増上寺では朱塗りの大門《だいもん》の前で駕籠を捨てた。

　一歩大門を入ると、いつもは静寂であるはずの境内《けいだい》が慌《あわ》ただしい。参詣人たちではない。武士や職人姿の者が右に左にと立ち動いている。

「京からのご勅使ご一行の宿泊所になりましてなあ、いまあちこちの手直しをしておりますのじゃ。ご着到が十一日で、あと五日しかありませぬゆえなあ」

　左右田は語り、

「さあ。こちらじゃ」

　一林斎と佳奈を右手の庫裡《くり》のほうへ案内した。案内しながらも左右田は、

「ご勅使をお迎えするとなれば、新たにしなければならない箇所や、方位がどうの色彩がどうのと、そのときのお迎えの立ち居ふるまいまで、いちいち細かいしきたりがありましてなあ」

　いまの吉良家の忙しいようすを話した。

　庫裡の玄関に立つとすぐさま寺僧が迎え、奥へ通された。二年前に上野介を診《み》たと

きとおなじ部屋だった。そのときの薬籠持も佳奈だった。

庫裡の奥は静寂そのものだ。

「殿、一林斎どのにござります」

「ううう、ううっ」

襖越しに左右田が声を入れると、返ってきたのは上野介のうめき声だった。

一林斎と佳奈は部屋に入った。

蒲団の上で胃ノ腑のあたりを手で押さえ、うずくまっている。

佳奈が背をさすり、一林斎はすぐさま寺僧を呼び薬湯の用意をさせ、背中の胃兪《いゆ》という経穴《つぼ》に鍼を打ち、痛みをやわらげた。

ようやく上野介はひと息ついたように身を起こし、

「おぉぉ、一林斎どの。道理でようなった。おぉ、それに娘御も。確か佳奈と申したのう」

話す余裕を得た。

「はい。吉良さまには、ご無沙汰いたしております」

佳奈はひと膝さがって両手を畳についた。

「おぉぉ。大きゅうなったのう。今年で幾つじゃ」

「はい。十六に相なりましてございます」

「おぉう、おう。まえに会《お》うたときには、かわゆい娘御じゃったが。ほう、ほう、さらに美しゅうなられた」

話しているうちに火鉢がとなりの部屋に持ち込まれるなど薬湯の用意ができ、一林斎が調合にかかった。もちろんそのまえに他の経穴にも幾鍼か打ち、上野介のようすはすっかり正常に戻っていた。

襖を開け放したとなりの部屋で調合し、椀に淹れると左右田が、

「お毒見を」

言ったのへ、

「よいよい。一林斎どのの調合ではないか」

上野介は言い、直接佳奈から椀を受け取り、飲んだ。異例のことである。

左右田が寺僧に呼ばれ、すぐ戻って来た。

「殿、浅野さまのお着きでございます。お見舞い致したい、と」

「おぉ。浅野どのとは種々打合せをせねばならぬゆえ。ここでお迎えいたそう」

と、寺僧数人が急いで蒲団をかたづけ、一林斎と佳奈も鍼や薬草をまとめ、慌ただしく部屋を出た。まるで本堂や境内の慌ただしさが、庫裡の奥まで及んだようだ。

廊下で、

「吉良さまには気苦労のゆえでございましょう。一日の役務を終えられればゆっくり湯あみなどなされ、お気をお休めになればよろしかろう。薬湯はさきほどのように。これから療治処に戻り、薬草をお中間に託《たく》しておきますゆえ。侍医のお方と相談なされ、適宜調合なされればよろしかろう」

「いやあ、なにからなにまで、ほんに助かりもうした。さっそくそのように。殿は今年で六十一の年勾配《こうばい》ゆえ、心配ですわい」

左右田孫兵衛と立ち話をしているところへ、

「おぉ、これは浅野さま。ささ、こちらへ」

寺僧に案内された浅野内匠頭が近づき、そのほうへ左右田は礼を取った。内匠頭は病気見舞いとあってか、家来を連れず一人だった。

「これは一林斎と佳奈ではないか」

廊下に片膝をついた一林斎と端座になった佳奈に、内匠頭のほうから声をかけた。

「さ、二人とも顔を上げよ。いつぞやは世話になった」

「はっ」

一林斎と佳奈は顔を上げた。

「その姿は、やはりそなたらが療治に来ておったか。これは頼もしい」

二人のいで立ちに、佳奈の小脇に抱えている薬籠を見て内匠頭は言った。

「一林斎どの。お見送りもせず、失礼いたす。さ、浅野さま。こちらへ」

上野介の容態がよくなると、左右田孫兵衛は急ぐように内匠頭をうながし、

「おぉ、そうじゃった。お見舞いに役務の相談もござる」

内匠頭も忙《せわ》しなく奥に向かった。ゆっくり話す間はなかった。

「ふーっ」

一林斎は息をつき、身を起こした。佳奈もそれにつづき、

「まるでご勅使がきょうご着到なされるような」

と、内匠頭と左右田孫兵衛の去ったほうに視線を投げた。

「浅野さまにはお若いゆえか、異常は見られなんだなあ」

「はい。わたくしもさように感じました」

佳奈も一端《いっぱし》の診立《みた》てをした。

庫裡の玄関を出るとき、寺僧が奥から追いかけるように出てきた。

「大門の外に町駕籠が二挺待っております。それをお使いくださるように、と左右田さまが」

「なんと」

一林斎も佳奈も、忙しいなかにも左右田孫兵衛の心遣いに恐れ入った。同時に、

(吉良さまも浅野さまも、気苦労が重ならねばいいのだが)

心配にもなってきた。

境内で、

「おぉぉぉ、一林斎どの。それに佳奈お嬢!」

と、浅野家家臣の片岡源五右衛門《かたおかげんごえもん》に声をかけられた。いつ見ても精悍《せいかん》な印象を受ける武士だ。浅野家の家臣であろう、一緒にいた武士団から離れ、駈け寄って来た。

「われら吉良さまご家中と打合せのため参ったのだが。あ、そのいで立ち、吉良さまには胃ノ腑の急な差し込みと聞きましたが、診ておられたのは一林斎どのでござったか。で、吉良さまのお具合は?」

「いや。もうすっかりようなられて、心配はいらぬ」

「ほう。それはようござった。佳奈お嬢は代脈でござったか。感心、感心」

源五右衛門は急いでいるのか、早口になっている。

「ところで寺井《てらい》どのは」

一林斎が訊こうとすると、

「片岡どの、早《はよ》う」

さきほどの武士団から声が飛んだ。なにやら周囲と同様に忙しそうだ。

「では、いずれ」

源五右衛門は本堂のほうへ移動している武士団のあとを追った。

このときも片岡源五右衛門をはじめ、浅野家の家臣が吉良上野介と直接顔を合わせることはなかった。

「まあまあ、皆さま。なんと忙しそうな」

上野介も内匠頭も、その家臣たちもせかせかとしているのに、佳奈はあらためて驚きの声を洩らした。

広い境内に職人や武士たちの行き交うなかを大門のほうへ向かい、

「浅野家侍医の寺井玄渓《げんけい》どのも来ておいでであったなら、浅野さまのごようすを訊きたかったのだが」

「あら。それならさっきお会いしたとき、お元気そうだったではありませぬか」

「いや。あの病ばかりは、不意に出るでのう」

「そういえば、初めて療治処に片岡さまたちに担がれておいでのとき、そうでしたねえ」

話しながら歩を進めているうちに、大門に出た。町駕籠が二挺、

「へい。神田須田町までの旦那とお嬢さままでございやすね。吉良家のお方より、酒手《さかて》も存分にいただいておりやす。さあ」

と、待っていた。

駕籠が霧生院の冠木門をくぐったとき、ちょうど太陽が沈みかけていた。すでに療治部屋にも待合部屋にも患者はおらず、冴は台所に入っていた。中間がいないので訊くと、向かいの大盛屋《おおもり》に入っていた。中間の手を借りるような患者は来なかったようだ。

「左右田さまがご存じゆえ」

と、佳奈が薬草の包みを持って行き、中間たちは大盛屋から直接帰った。

居間で夕餉の膳を囲んだとき、佳奈が増上寺での話をしたのへ、

「ならば、吉良さまは気苦労が胃ノ腑に出られたのでしょうねえ」

と、一林斎とおなじ証《しょう》を立て、

「浅野さまはさらに根を詰めておいででしょうねえ。ご勅使の饗応は十一日から四日間ですか。そのあいだの天候が心配です」

「母上、浅野さまの瘧《おこり》というのは、さほど天候に左右されますのか」

佳奈がまじめな表情で問いを入れた。

「そうした病なのです。ここ数日のように、晴れた日がつづけばいいのですが」

冴が深刻そうに言ったのへ、佳奈も内匠頭の廊下での落ち着かなかったようすが気になったか、心配げな表情になった。

七

さらに三日ほどを経た弥生（三月）九日の午前《ひるまえ》だった。

「へへん。これだけ薬研で挽きやしたぜ」

と、留左が布袋を風呂敷に包み、小脇に抱えて戻ってきた。

「きょう、はじめてつなぎがありやしたぜ。この書状でさあ」

と、挽いた薬草と一緒に布袋へ入れていたのを居間で取り出した。

小泉忠介からだった。

符号文字で冒頭に〃一読火中〃とあり、読み進むとこれまでの氷室章助とヤクシの得たものをまとめた文面で、敵方の動きが手に取るように分かった。

おととい、千駄ケ谷の町場の木賃宿に下駄の歯入れの爺さんが入ったという。そこへきのう、猿橋八右衛門が赤坂の上屋敷へ供を連れずに来て中奥で矢島鉄太郎と会い、ちょうどヤクシが下屋敷から憐み粉を持って来ていたときなので、氷室の中間部屋で猿橋の帰るのを待ち、あとを尾けた。それがなんと猿橋は桜田門外の上杉家上屋敷に戻るのではなく、千駄ケ谷に向かい下駄の歯入れの爺さんが草鞋《わらじ》を脱いでいる木賃宿に入ったという。

――二人は談合したものと思われる

小泉は予測を記している。

ほどなくして猿橋は帰ったが、旅支度ではなかったから、

――桜田門外に帰ったものと思われる

こうしたときロクジュが千駄ケ谷にいないのが残念だったが、これも小泉の推測は正しいだろう。伏嗅組差配の猿橋は道中には出ていない。このとき、小泉もヤクシと木賃宿の近くの茶店に入り、猿橋の面体《めんてい》を確認した。

――四十がらみにて、見るからに精悍

と、記している。浅野家の片岡源五右衛門のようだ。

それだけではなかった。きょう、頼方の行列の先触《さきぶ》れが下屋敷に入り、

——頼方公の下屋敷着到はあす午過《ひるす》ぎの予定と、ある。葛野藩は江戸屋敷を設けておらず、紀州徳川家の下屋敷を江戸藩邸代わりに使い、それを隠居の光貞は容認している。上屋敷の綱教は内心にがにがしく思っているだろうが、老いた光貞にすれば、わが子の頼方こと源六と少しでも長く、一緒に暮らしたいのだろう。

「へへ。その文《ふみ》の返事をね、いまヤクシさんが赤坂の長屋で待っているんでさあ」

「なに！　それを早く言え」

一林斎は筆を取った。佳奈が横からのぞき込む。すでに読めるようになっている。

——あす朝、ロクジュの棲家《すみか》に出向く

それだけだった。

千駄ケ谷の町場は鳩森《はとのもり》八幡の門前に一筋の通りがあるだけで、それを抜けたところに紀州徳川家の下屋敷がある。ロクジュはその町場の裏手に、土地の百姓が物置に使っていた小屋を借りて修繕し、住みついている。

「急いで帰れ」

「へ、へい」

留左は文をふところに居間を飛び出した。ヤクシなら文の内容を氷室章助に伝え、下屋敷へ帰るのがいくらか遅くなっても、どこからでもするりと入り込むだろう。

留左が帰ったあと、

「父上。あす、わたくしも連れて行ってくだされ」

「ならぬ」

言う佳奈に、一林斎は強い口調をつくった。

困惑する佳奈に、

「佳奈が必要な事態になれば、どなたかが必ずここへ知らせに来てくれます。ここでわたしと父上からのつなぎを待つのです」

冴が慰めるように言った。

つなぎは……ない。あす、松平頼方こと源六の行列が下屋敷に入る。そのようなところへ、佳奈を連れて行くことはできない。


翌朝、日の出前に佳奈が目を覚ましたとき、一林斎はすでに出かけていた。

薬籠を小脇に軽衫と筒袖に笠をかぶったその姿は、日の出のころには赤坂を抜け、千駄ケ谷への杣道《そまみち》に入っていた。薬籠を小脇にしておれば、いかに急いでも医者なら怪しまれない。むろん、腰には一尺余の長尺苦無を提げている。

日の出のあとで千駄ケ谷の町場はすでに一日が始まっていた。

脇道に入った。ロクジュの棲家の板戸は、錠が下ろしてあっても開け方は分かる。手をかけようとすると不意に中から開いた。一林斎は苦無に手をかけ一歩飛び下がり、

「おう。もう帰っていたか」

と、ふっと息をついた。

「へえ。小泉どのへの先触れに昨夜遅く。ヤクシからのつなぎもあったので、待っておりやした」

ロクジュだ。町人言葉で言う。

そこへ、

「もうお越しでしたか」

と、きょうの頼方の受け入れで忙しいはずの下屋敷から、ヤクシも来た。中間姿のままだ。

「ロクジュ、すまんがまず俺から」

ヤクシは断りを入れ、

「下駄の歯入れの爺さん以外に、新たに仲間がこの町に入った形跡はありません。下

駄の爺さんですが、若いのが化けているのではなく、きのう町場で仕事ぶりをちょいと見ましたが、間違いなく爺さんでした。名は茂平《もへい》とか」

言うとすぐ、

「長居は怪しまれますから」

と、早々に腰を上げた。

「ふむ、茂平か。ご苦労」

一林斎はヤクシの背に声をかけ、

「さて、ロクジュ。どうであった、道中は」

と、額の長いロクジュに目を向けた。

「いささか拍子抜けする道中でした」

ロクジュは応えた。

伏嗅組と思《おぼ》しき者を見いだしたのは箱根を越え、小田原宿《おだわらしゆく》に入ってからだという。小田原から江戸へは、わずか二日の旅程だ。

「それも二人だけで、町人の旅姿を扮《こしら》えておりやした。目的は分かりまさあ。頼方公の面体を確かめることで」

町人言葉で話す。形《なり》がそうであれば、やはり自然と言葉もそうなる。

頼方こと源六は、道中、駕籠に乗っているのは宿泊の本陣に入るときと出るときだけだ。いつもそうである。いかにも源六らしい。そのことを伏嗅組の者は事前に矢島鉄太郎から聞き、知っていたようだ。

大名行列だからといって、往来の者が土下座するわけではない。ただ、脇に寄るだけで、前を走ったり列を横切ったりしないだけだ。沿道の茶店の縁台に座っている者は、そのまま団子を喰いながら行列を見物している。そうした町人を小田原宿と藤沢《ふじさわ》宿で見つけた。おなじ町人姿で、

「——おい。あの二人、おかしいぞ」

と、ハシリが気づいたのだ。

頼方が家臣団に混じって歩いていても、その衣装から判別できるし、十八歳ながら偉丈夫な体軀《たいく》ということも事前に聞いて知っているだろう。二人連れの町人姿はその頼方を、茶店の縁台から凝《じ》っと見つめていたという。

二人連れは、藤沢宿のあと、見えなくなった。

「大丈夫でさあ。イダテンと和歌山から道中潜み、をしてきた僚輩《りょうはい》のトビタが尾けやしたから。きょう中にも二人は、結果を知らせに霧生院へ出向くはずでさあ」

トビタは一林斎もよく知っており、小柄で軽業《かるわざ》師のような身のこなしの薬込役だ。

「ふむ。あの者なら頼もしい。敵の策は分かった。江戸で源六君がお忍びで町場に出るのを待ち、それのいずれかで襲うつもりだろう。そうした源六君の行状も、猿橋どのは矢島どのから聞いて知っておいでなのだろう。そのためには伏嗅組のなかで、源六君の顔を慥《しか》と知った者がいなければならないからなあ」

一林斎は松平頼方を、薬込役のなかにあっては昔のまま源六君と言っている。一林斎と冴の胸中では、名がいかに変わろうと源六は源六なのだ。

一林斎はつづけた。

「勅使の殿中入りはあす十一日で江戸城内での典儀は十四日までだ。十五日には江戸を離れ京へお戻りになるはず」

およその日程は小泉から聞いており、左右田孫兵衛からも増上寺で聞いている。

「伏嗅組は、吉良家ともわが紀州徳川家とも縁戚にある上杉の家臣だ。よもや殿中で天朝さまのご勅使を饗応しているあいだに、血を見るようなことはすまい。敵が動くのは十五日以降とみてよい。それまでに下駄の爺さんの近辺に、仲間が増えるなど異変があったなら、至急知らせよ。きょうはこれで帰る」

一林斎も腰を上げ、

「そうそう。トビタが来ているのなら、やつにはこのまま江戸に残ってもらおう。大番頭には儂からつなぎを取っておく」

「それはよございますなあ。トビタはぜひここへ」

「そうしよう」

一林斎はうなずき、ロクジュの棲家を出た。


朝が早かったためか、一林斎が霧生院に戻ったのは、午にはまだかなり間のある時分だった。療治部屋にも待合部屋にも患者がおり、

「父上、居間にお客さまが」

縁側から佳奈が声をかけた。

「ふむ」

一林斎はうなずき、居間に入ると、

「ご内儀から早朝のお出かけ、聞きやした」

と、イダテンと小柄なトビタだった。一林斎が千駄ケ谷に出向いたのなら、そこでなにが話し合われたかは分かる。お互いに状況を話す手間がはぶけた。

「ふむ。トビタ、久しいのう」

「へえ。あっしには江戸も久しゅうございます」

「で、道中の二人連れはいかに」

それを聞きたかったから、早々に須田町へ帰ったのだ。

「けさがた、桜田門外の上杉屋敷に裏門からするりと入りやした」

〝するり〟との表現から、屋敷でも二人がその時分に帰って来ることが分かっており、それで二人は伏嗅組であったことが証明できる。同時に、尾行が深夜に及び、イダテンとトビタの苦労も想像できた。

「ご苦労だった。そなたらのことだ、桜田門外からここまで引き返すのに、ぬかりはなかったであろうなあ」

もし、屋敷から逆にイダテンとトビタを尾ける者が出ていたなら、千駄ケ谷からの尾行は気づかれており、この霧生院の存在も敵に覚られたことになるだろう。

「ぬかりありません。ここの場所だけイダテンから聞き、べつべつに参りましたから。わしらのあとを尾ける影はありませんでした」

トビタが応えた。

「ふむ。それは重畳《ちようじよう》」

一林斎は応え、

「あす、勅使がお着きになる」

と、ロクジュにも話した勅使の日程を告げ、

「で、トビタよ」

と、江戸潜みの件を切り出した。

「あははは、組頭。和歌山の大番頭もそう言っておいででした。江戸の組頭から要請があれば、そうせいと」

竜大夫も、一林斎が員数補充に指名するとすればトビタ、と予測していたようだ。朝からの緊張がとけ、座はなごやかなものになった。

昼の膳は、一林斎に冴と佳奈、それにイダテンとトビタの五人となった。トビタは事前にイダテンから霧生院に来たときの留意すべきことを聞いていたか、冴と佳奈への畏敬の念をおもてにすることはなかった。

この時分、松平頼方こと源六の行列は千駄ケ谷の下屋敷に入り、最後まで道中潜みをしてきたハシリは赤坂のイダテンの長屋に帰り、間もなく留左が退屈から解き放された顔で須田町に帰って来るだろう。

トビタを交えた五人の昼餉はにぎやかだった。

だが、五日後から新たな闘争が始まる。しかも相手は薬込役とおなじ、戦国忍者のながれを汲む上杉の伏嗅組である。これまでの陰陽師の式神《しきがみ》たちとは異なる。そのた

めのトビタの補強であり、佳奈もまた、戦力の一員に加わったといえようか。

「ですが、おまえさま。わたしにはあしたから十四日までのことが気にかかります」

「そう、わたしも。大丈夫かしら」

冴が言い、佳奈がつづけたのへ、

「なんのことですかい」

トビタが問いを入れた。

きょうも日の出のころ雲は少なかったものの、午すこし前から厚く垂れ込め、空気にも湿気を感じはじめていたのだ。

二　佳奈《かな》初陣

一

三月十一日、本来ならそろそろ日の出かといった時分だ。

外では桜が満開というのに、

「わぁ、冷える」

夜具から上体を起こした佳奈は、思わず両手で肩をかき寄せた。

同時に、

(またぁ?)

いつも襖《ふすま》の上の欄間《らんま》に感じる朝の明かりがない。元旦に感じた日蝕のときに似ている。だが、冷えるといっても元旦のように凍りつくような寒さではない。

（早く目覚め過ぎた？）

のでもなさそうだ。

――バシャ
裏庭のほうから水音が聞こえた。夜着《よぎ》のまま、なかば手探りで裏庭に出ると、まだ薄暗い井戸端で顔を洗っているのは冴だった。

背後の物音にふり返り、

「あ、父上。きょうは」

訊《き》こうとしたのを呑み込んだ。また日蝕などあり得ないことだ。

話し声に気づいた冴がふり返り、

「あらあら二人とも。この空模様に惑わされず、よく起きてきましたねえ」

言われて佳奈は空を見上げた。薄暗いなかに、雲のどんよりと垂れ込めているのが感じられる。一林斎も見上げた。表情までは看《み》て取れないが、心配げなようすが雰囲気から感じられる。井戸端の冴も、そのようなようすだった。

「あ、そうか。お城ではきょうからご勅使さまの饗応が」

佳奈はつぶやくように言い、一林斎と冴の心配げなようすを解した。

その雰囲気は、佳奈が火打石で火を熾《おこ》し、一林斎がおもての冠木門を開け、朝餉の膳がそろった居間にまで持ち込まれた。

元旦のときなら、陽が昇るにつれ明るさが増したが、きょうは薄暗い状態がいつまでもつづき、居間に行灯《あんどん》の火を入れているほどだ。

「浅野さまですね」

重苦しい雰囲気のなかに、佳奈は言った。五日前、増上寺で会ったばかりだ。饗応のあいだ、饗応役主従は伝奏屋敷に泊まり込むことになっている。

「ご勅使の詳しい日程は知らんが、おそらく浅野さまはきのうから伝奏屋敷に入っておいでのはず。せめて寺井玄渓どのがついていてくだされば」

「瘧《おこり》という病《やまい》でございましたねえ。増上寺では吉良さまのほうが胃ノ腑の差し込みで、浅野さまはお健《すこ》やかであらせられましたのに」

「あの日は朝からからりと晴れ、それにくらべきょうは」

雲が厚く垂れ込め、まったく日の出を感じず、朝餉のときになってもまだ薄暗いのだ。しかも空気の冷たさが薄れ、逆に生温《なまあたた》かさが感じられはじめている。瘧は一種の心の病であり、こうした天候が最も悪条件となる。

「心配なら父上、きょうにでもご城内の伝奏屋敷へお見舞いに行かれたらよろしいのに。外濠《そとぼり》の神田橋《かんだばし》御門を入ればすぐでしょう。そのときはわたくしも、薬籠持としてお供いたしまする」

佳奈はそれを言いたかったようだ。

できるものではない。伝奏屋敷は江戸城内濠《うちぼり》の辰ノ口《たつのくち》御門外にある。天朝さまの勅使を迎えているいま、普段は往来勝手の外濠の御門でも、警備は厳重だろう。

「ふむ。そうだ」

一林斎は膝を叩き、

「浅野さまの上屋敷は築地《つきじ》の鉄砲洲《てつぽうず》だったなあ」

「はい。そのように伺っております」

「あっ、父上。伝奏屋敷ではのうて、藩邸のほうへ行かれるか」

「腹ごしらえがすめば、せめて気を落ち着ける煎じ薬だけでも届けよう。玄渓どのがおいでだったらいいのだが」

「それはようございます。佳奈、お供を」

「はい」

三人の箸の動きが速くなった。

煎じ薬を用意し、出かける段になっても空はまだ薄暗かった。神田の大通りには人も大八車も荷馬も出ているが、いずれもが浮かぬ表情で、まるで朝を迎えないままずるずると一日が始まったように思えてくる。

「なんなんだろうねえ。元旦のつづきじゃねえだろうなあ」

「お天道さまがそう欠けてたまるかい。見てみろい。あの雲さえなくなりゃあ」

往来を行く者が空を見上げ、話している。

築地は神田の大通りをまっすぐ進み、日本橋を渡り江戸湾のほうへ進んだ一帯である。埋め立てた当時に幕府の鉄砲修練場となっていたことから、その名だけが現在に残されている。

おなじ日本橋でも〝頼母子講〟に行くのではないから、あちこち迂回《うかい》する必要はない。浅野家に煎じ薬を届けるのなら、むしろ尾けてもらいたいくらいだ。一林斎はいつもの軽衫に筒袖の姿で、佳奈は前掛にたすき掛けで薬籠を小脇に抱えている。

「片岡さまや礒貝《いそがい》さまもおいでならいいですのにねえ」

「あのお二方《ふたかた》は側用人《そばようにん》だから、片時も離れずもう伝奏屋敷に入っておいでだろう」

話しているうちに日本橋を過ぎ、築地に入っていた。

浅野家の上屋敷は正面門を開いていたが、意外と静まりかえっていた。藩邸が慌ただしかったのはきのうまでで、主だった家臣は伝奏屋敷に出向いているのだろう。

門番に訪《おとな》いを告げると、

「しばらくお待ちを」

と、奥に入り、待つほどもなく、

「これは一林斎どの。おぉ、あのときの娘御も」

と、裃姿の若い家臣が一人、正面門まで走り出てきた。

見覚えのある顔だ。ちょうど三年前、内匠頭が神田の大通りで瘧を発症して霧生院に担ぎ込まれたとき、供廻《ともまわ》りだった片岡源五右衛門と儀貝十郎左衛門《じゅうろうざえもん》の支援に藩邸から駈けつけた一人だ。その後の霧生院と浅野家の往来は、侍医の寺井玄渓と側用人の片岡源五右衛門だったから、会うのは三年ぶりになる。あのときの出来事は家臣にとっても衝撃であり、療治をした一林斎に冴とその霧生院の娘もよく覚えており、十六歳の娘盛りになった姿に若い家臣は目を瞠《みは》り、一林斎よりも佳奈に向かって、

「お忘れか、萱野三平《かやのさんぺい》でござる」

「お、お懐かしゅうございまする」

三年前はなにもかもが慌ただしく、佳奈はまだ十三歳だったが萱野をかすかに覚えていた。いま改めて会えば、二十代なかばの美男子だ。しかも裃をつけた正装をしている。佳奈は辞儀をするにもいくらか恥じらいを見せ、前掛姿が恥ずかしいのか、はずそうとするが薬籠を小脇に抱えたままではできず、ただもじもじするばかりだっ

た。そのような佳奈に一林斎は、

（うむ。これは……）

内心、軽い戸惑いを覚えた。

萱野三平はなにやら忙しそうで、正面門での立ち話となり、一林斎に向かい、

「一林斎どの、惜しゅうございました。門番から聞きましたが、お訪《たず》ねの玄渓どのは早朝から空を見上げ、伝奏屋敷が心配だからと早々に殿の許《もと》へ参られました」

「やはり」

一林斎はつぶやき、煎じ薬を持って来たことを話すと、

「ちょうどようございました。これから私も後詰《ごづめ》として伝奏屋敷に参るところ。さっそく玄渓どのに渡しておきましょう」

「それはかたじけない。さあ、佳奈」

「は、はい」

佳奈は言われ、薬籠から布袋を取り出し、

「あっ」

小さな声を上げた。

萱野も一瞬、戸惑った表情になり、目を伏せた。

二人は顔を見つめ合っていたからであろう、手許が見えず、煎じ薬の布袋を渡すとき、互いに指先が触れたのだ。

一林斎はそこにも気づき、

「さあ、お家はいまお忙しそうゆえ、ここで」

「はっ。慥《しか》と玄渓どのに。きっと喜ばれましょう」

萱野は丁寧な言葉になり、佳奈から受け取った布袋を、大事なものを扱うように両手で包み込んだ。

「あ、あの、わたくし、お仕事のときは、いつも、この前掛にたすき掛けでして」

「よう、よう似合《にお》うておられまする」

佳奈がぽっと顔を赤らめたのへ、萱野も上ずった口調で返し、

「それでは、一林斎どの。確かに」

両手で包んだ布袋を一林斎に示し、奥へ駈け込んだ。

「さあ、帰るぞ。浅野さまはいま忙しいのだ」

「は、はい」

萱野のうしろ姿を目で追っていた佳奈は、慌てたように一林斎につづいた。

空を覆った雲は依然厚く、

「ひと雨ありそうじゃ。急ごう」

「はい」

帰り道を、二人は速足になった。

霧生院に戻り、午《ひる》を過ぎても雲は垂れ込めたままで、珍しく患者の途切れたひとときがあった。

「雨の降らぬうちに」

と、佳奈が患家へ薬草を届けに行った。実際に届ける患家があったのだ。

「どう思う」

と、一林斎は浅野屋敷の正面門での佳奈と萱野三平の尋常ではなかったようすを話した。

「そういえば、礒貝さまともう一人、若く凜々《りり》しいご家臣の方がおいでになりましたねえ」

と、冴は三年前の萱野三平を明確には覚えていなかったが、

「源六君だけでなく、それもあったのですねえ。迂闊《うかつ》でした。これまで、考えてもみませんでした」

ほんの瞬時とはいえ、佳奈の心をときめかせたのが萱野三平だからというのではな

い。早晩、来ることであった。十六歳で、むしろ遅いくらいだ。

「おまえさま」

「うむむ」

冴はこれまでにない困惑の顔を一林斎に向け、一林斎もまた、どうすればよいのか分からない事態にうなるばかりだった。

佳奈がもし自分たちの娘であったなら、一林斎も冴も佳奈が心をときめかせる相手にめぐりあったことを喜ぶだろう。冴など、佳奈に理由を告げず、今宵赤飯を炊《た》くかもしれない。

だが、佳奈は紀州徳川家の姫であり、松平頼方こと源六の妹なのだ。敵の標的にならないように出自《しゅつじ》を隠しているが、それをつづけるよりも困難な、薬込役が一丸となっても防ぎ得ない問題に、いま直面したのかもしれないのだ。

「父上、母上。患者さんです」

帰りの途中で出会ったか、佳奈が町内の腰痛の婆さんを支えながら帰ってきた。

「さあさあ、縁側から直接こちらへ」

冴が縁側に出て婆さんの手を引き、一林斎は鍼の用意にかかった。

この日、夕刻になっても風はなく空の厚い雲に変化はなかった。

二

翌十二日、きのうとおなじ朝だった。異なるのは、蒸し暑さを感じる点だ。

「うーん。まずい」

井戸端で水を汲んだ一林斎は、薄暗く明け切らない空を見上げて呻《うめ》いた。内匠頭の容態だ。きょうもきのうにつづき、この天候のなか殿中で神経をすり減らす一日を送らねばならない。

「玄渓どのは、苦慮されておいでだろうなあ」

「わたくしも、気が気でありませぬ。吉良さまもお歳ゆえ、長時間座して気血を滞らせ、血瘀《けつお》など起こさねばよろしいのですが」

一林斎が言ったのへ、冴はつないだ。

心配事はそれだけではない。

まだ朝の早い時分だと思われる。空が厚い雲に覆われ、時を経ても全体が薄暗いのでは、朝も昼も区別がつかない。

そのようなかに、ロクジュが霧生院の冠木門をくぐった。

「足が、足が急に引きつりましたじゃ。鍼、鍼を打ってくだされ」

急患をよそおっている。

「おぉう。こっちから上がれ」

ちょうど灸を据えていた患者の療治を終えたところだ。縁側に出た一林斎はロクジュを引っぱり上げ、療治部屋に入れた。

「痛《いて》ててて っ」

「このくらい、辛抱せいっ」

声が板戸を通して待合部屋にも聞こえる。

「こむら返りかのう」

「若い人のようだったが」

待っている患者が話している。

療治部屋では、一林斎とロクジュが声を落とし、

「さあ、灸も据えますからね。佳奈、用意を」

「はい」

待合部屋には、冴と佳奈の声だけが聞こえる。

「なにごとじゃ」

「ヤクシよりつなぎがありました。きょう午過《ひるす》ぎ、頼方公が上屋敷へ江戸着到の挨拶《あいさつ》に参られます。あっしとトビタで確認しやしたが、下駄爺《げたじい》の茂平が入っている木賃宿に客が二人。小田原と藤沢で確認しやした伏嗅組の二人でさあ。町人姿で」

町人言葉のほうが早口で話しやすい。薬込役のあいだでは、千駄ケ谷に潜んだ下駄の歯入れの茂平を下駄爺と呼ぶようになっている。

「ふむ。やはりこたびも下屋敷に、外に通じている者がいるようじゃな」

「おそらく」

「よし。イダテンとハシリにつなぎを取り、下駄爺とその二人の動きを見張れ。小泉とヤクシには、内通者を見つけても素知らぬふりをし、決して手を出すな」

「へい」

ロクジュは低声で返し、

「おぉお、これですっきりしましたじゃ」

「ならば、灸はもういりませぬな」

ロクジュと冴の声が、待合部屋に聞こえてきた。

「申しわけありやせん。割り込んだりしやして」

「なあに、お互いさまさね」

縁側からロクジュは待合部屋に声を入れ、庭に下りたのを佳奈が見送った。

「先生よう。どうもみょうな天気じゃ。元旦じゃないが、なにやら不吉な予感が」

「それを気の病というのですよ。気にしない、気にしない」

つづいて療治部屋に入った腰痛の隠居が言うのへ、冴が灸の用意をしながら言った。不吉な予感は、一林斎も冴も、さらに佳奈も感じているのだ。

伝奏屋敷で窮屈な思いをしている内匠頭の症状だ。きのうきょうのような天候があしたもつづくなら、

(薬湯くらいじゃ間に合わなくなるぞ)

そこを一林斎は懸念している。

伝奏屋敷に駆けつけた寺井玄渓も感じ取っていた。

ひと悶着《もんちゃく》あった。

きのうである。萱野三平が持ってきた薬草を伝奏屋敷で玄渓が煎じようとしたとき、江戸家老の安《やす》井《い》彦《ひこ》右《え》衛門《もん》が待ったをかけた。

「――伝奏屋敷で薬草など。まるで浅野家のあるじは病気持ちだと天下に知らせるようなものではないか」

と、安井彦右衛門は内匠頭の痞の持病が外に洩れるのを恐れている。安井は江戸勤

番家臣団の筆頭である。従わざるを得ない。しかし玄渓にすれば、背に腹は替えられない。夕刻、殿中から伝奏屋敷に戻った内匠頭に、

「――一林斎どのからの薬草が届いております」

「――おお。ついこのあいだ増上寺で会《お》うたぞ」

と、苦りきる安井を尻目に一林斎調合の薬草を煎じ、直接内匠頭に話して飲ませた。これが安井彦右衛門と寺井玄渓の対立を生むこととなった。

このとき、すでに内匠頭の顔色はすぐれず、そこに玄渓は痞の前兆を感じ取っていたが、まだ自己判断のできる状態だった。


きょうも朝からずっと薄暗いなか、暗さの増しはじめた夕刻時分、風はなく雨が降りそうで降らず湿気だけが増し、誰しもが憂鬱《ゆううつ》になり、気の短い者ならそれだけでイライラしそうな一日となっていた。

小柄なトビタが霧生院の冠木門をくぐった。すべての療治を終え、佳奈が待合部屋と療治部屋の掃除をしているときだった。

居間に座を取った。

千駄ケ谷から赤坂まで遠くはないが、畑道もあれば樹間の杣道《そまみち》もある。その杣道で

はかつて、式神《しきがみ》のくノ一と対峙したことがある。

権門駕籠の頼方の一行は三十人ほどで、差配は加納久通だった。

「ふむ。加納どのがついておいでなら、防御に疎漏《そろう》はなかろう」

一林斎は加納久通に全幅の信頼をおいている。だがそれは、権門駕籠を駆った正規の移動の場合のみである。

この間、下駄爺は木賃宿を動かず、伏嗅組の二人は百姓姿になって畑道で行列の陣容を観察しただけで、桜田御門外の上杉屋敷に帰ったという。

畑道や杣道に出張ったイダテンとハシリについては、

「その存在を伏嗅組に覚られたようすはありませぬ」

「やはり敵は慎重に時間をかけ、機会を探る策のようだなあ。こりゃあ手強いぞ」

「小泉どのも、さように言っておりました」

と、報告だけでトビタは千駄ケ谷のロクジュの棲家《すみか》に帰った。

行灯に火を入れた夕餉の座で、

「頼方さまとは、どのようなお方じゃ」

佳奈は一林斎と冴に訊いたが、

「それよりも浅野さまは大丈夫でしょうか」

冴が言い、話題はそのほうに移った。霧生院に関わりのないこととはいえ、内匠頭や寺井玄渓から信頼されているとなれば、やはり一林斎にも冴にもさらに佳奈にも、そのほうが喫緊《きっきん》の課題に思えてくるのだった。

饗応三日目の弥生十三日、

「うーむむ」

朝の裏庭の井戸端で、一林斎は空を見上げてうなった。空模様がきのうおとといと変わりがないのだ。しかも夜中に雨が降ったか、地面がかなり湿っている。

生温かく湿気の多い午前《ひるまえ》だった。伝奏屋敷で、また悶着が起きていた。

早朝に内匠頭の異常を看《み》て取った玄渓は、

「まずい」

朝の沐浴《もくよく》を勧め、揉《も》み療治で気分をほぐし、

（きょうも一日、なんとかご無事で）

祈るような気持ちで内匠頭を伝奏屋敷から殿中に送り出した。

やはり心配だ。

（あしたの朝もきょうのようであったなら）

思い切って三年前の神田の大通りでの発作を、寺井玄渓は片岡源五右衛門とともに安井彦右衛門に話し、霧生院一林斎を伝奏屋敷に呼ぶ許可を求めた。

「なんと、町医者を！　そなたはなんのための侍医ぞ。恥を知りなされ」

と、取りつく島もなく、それでも片岡が喰い下がろうとすると、

「黙らっしゃい！」

けんもほろろとなった。安井は、玄渓が伝奏屋敷に来ていること自体が気に入らないのだ。加えて町医者など、安井にはとんでもないことだ。もし痞を発症したなら、それを鎮《しず》められるのは一林斎の鍼しかないことを、玄渓も片岡も知っている。

玄渓と片岡がやむにやまれず一計を案じたのは、その日の夕刻に内匠頭が殿中から伝奏屋敷に戻り、沐浴に入ってからだった。顔色がすぐれず、意識もなかば朦朧《もうろう》としていた。

「ご内儀の冴どのも、あの鍼の技《わざ》を心得ておいでのはず。一人では心細かろうから、代脈に佳奈どのを。殿も佳奈どのが来れば、気が休まろう」

というのである。策としては、

「腰元に化けてこの伝奏屋敷に入ってもらい、午《ひる》の休息のおり殿が此処《ここ》へお戻りになったときに鍼を……」

であった。

もし安井彦右衛門に咎《とが》められたなら、

「吉良さまにお取りなしを願い出よう。吉良さまも先日、増上寺で一林斎どのと佳奈どのの療治を受けられた。うまく安井さまを抑えてくださろう」

源五右衛門と玄渓は話し合ったのだ。しかしそのときはすでに、日の入りの時刻も分からないまま外濠の各御門は閉じられていた。

三

饗応四日目、最後の日である。天候はきのうまでの厚い雲をまだ引きずったままだった。玄渓の診立ては、

(危ない。せめて午まで持ってくれれば)

祈る思いだった。

時刻にすれば朝五ツ（およそ午前八時）近くだった。内匠頭が沐浴をして片岡源五右衛門や礒貝十郎左衛門らを供に大手門に向かったころ、大きな風呂敷包みを小脇に抱え二本差しに裃姿の若い赤穂藩士が一人、神田橋御門を町場に駈け抜け、須田町に

急いでいた。

藩士は霧生院の冠木門に走り込んだ。待合部屋にまだ患者はいなかったが、一林斎も冴も佳奈も療治部屋に入り、鍼や艾《もぐさ》の用意をしていた。

「一林斎どのーっ」

庭からの大きな声に、

「あっ、あのお声は！」

開けていた障子から佳奈が縁側につつとすり足をつくった。

「おぉぉ、佳奈どの！」

走り来た藩士は、萱野三平だった。

「し、しばらく、お待ちを」

佳奈は走って来た萱野三平のようすに、すぐ奥へ入った。お茶の用意だ。

「萱野どの！　まさかっ」

「まだ、まさかではありませぬが」

急ぎ来たことに一林斎は不吉な予感を覚え、萱野はまずそれを〝まだ〟と否定し、庭先に立ったまま伝奏屋敷での家老とのやりとりのようすから話した。

佳奈が奥から、

「萱野さま。まずはこれを」

湯飲みを盆に載せ出てきた。

「かたじけない。佳奈どの」

萱野は一気に飲み干した。すぐ飲めるように、ぬるめ加減のお茶だった。

「つきましては冴どのと佳奈どのに……」

腰元に化ける件を話し、

「これに着物と帯が」

縁側に大きな風呂敷包みを置いた。

「おまえさま！」

「父上！　参りとうございます」

冴は一林斎に伺いを立て、佳奈はすでにその気になっている。

「よしっ」

一林斎は気合を入れるようにうなずいた。

冴と佳奈は風呂敷包みを持って奥へ入り、一林斎は、

「ちょいと手伝いの者を呼んで来るゆえ」

萱野に断り、冠木門を出た。留左を呼びに行ったのだ。なにが発生するか分からな

い。急遽《きゅうきょ》一林斎も出張《でば》ることになれば、留守居が必要だ。

留左は起きていた。

「なんですかい。ご内儀もお嬢もお出かけたあ」

言いながら冠木門をくぐり、

「おぉお、これは！」

驚きの声を上げた。冴と佳奈が腰元の薄紫色の矢羽模様の着物で出て来たのだ。

「おぉ。これは似合うぞ」

一林斎も冴と佳奈の腰元姿を見るのは初めてだ。髷《まげ》もととのえ、うっすらと化粧までしている。鍼は硬い革製の鍼収めに入れ、ふところにしのばせている。

「さあ、冴どの、佳奈どの」

内匠頭が休憩で伝奏屋敷に戻ってくるのは午《うま》の刻（正午）であり、まだ余裕はある。だが萱野も内匠頭の症状を知っており、気が急《せ》くのだ。

「では、行って参ります」

「一林斎どの。恩に着ますぞ」

冴と佳奈は萱野三平に先導されるように冠木門を出た。

「いってえ、これは」

「まず縁側に座れ。事情を話そう」

「へえ」

わけの分からないまま、留左は縁側に腰を据えた。

急いではいるが、化粧までした腰元姿を萱野三平に見せることができ、佳奈は内心嬉しかった。萱野も急ぎ足ながら佳奈をまぶしそうに見ている。このとき、もし萱野に心の余裕があったなら、若い男の速足に、腰元姿の女が二人とも苦もなくついて来ていることを不思議に感じたであろう。

裃の武士と一緒に、矢羽模様の着物を着て神田橋御門を入れば、ほんとうの腰元になったような気がする。

神田橋御門から辰ノ口は白壁の広い往還をまっすぐに進めばよい。途中、右手に入る白壁の広い往還があり、そこを曲がれば内濠の大手門《おおてもん》だ。

この道筋は往来勝手で冴も佳奈も幾度か通ったことがある。普段なら大名家の登城や下城の時分どきでなければ人通りはほとんどなく、ときおり腰元や中間が歩いているのを見かける程度だ。

だがいま、

も右に左にと走っているではないか。なかには五、六人が固まって走っている。冴と佳奈は勅使饗応のときだからと思ったが、それらの慌てたようすが尋常ではない。時刻のほどはよく分からないが、五ツ半（およそ午前九時）ごろだったろうか。

「萱野さま」

冴が不安げに声をかけると、

「んっ？」

萱野は首をかしげた。大手門のほうが騒がしい。往還にも中間を連れた武士が幾人

「うむ。おかしい」

萱野は立ちどまり、向かいから走って来た武士に、

「卒爾《そつじ》ながら、この騒ぎ、なんでござろう」

「なにを悠長なことをっ。刃傷《にんじょう》、殿中で刃傷があったとのこと」

武士は急ぎ足のまま言うなり過ぎ去った。

「えっ」

三人は棒立ちになり、つぎに走り来た中間をつかまえ、

「どなたがどなたに刃傷か知らぬか」

「はい。なんでも吉良さまが斬りつけられたとか」

「えぇえ、吉良さまが⁉　誰に！」

「それが、判りませぬ」

中間は走り去った。

三人は茫然《ぼうぜん》となった。〝刃傷〟と聞いたとき、冴も佳奈も瞬時、

(浅野さま⁉)

思ったがすぐにその懸念は薄らいだ。内匠頭が作法指南の上野介に斬りつけるなどあり得ようはずがない。しかも殿中である。

「大手門に行ってみましょう。なにやら判るかもしれませぬ」

「はいっ」

萱野が言ったのへ冴と佳奈が返し、大手門のほうへ向かったときだった。

門前に群れていた武士たちの中から走り出てきた者がいた。片岡源五右衛門と礒貝十郎左衛門だ。両名とも人混みをかき分けたせいか裃が乱れ、髷まで乱れている。

「片岡さま！　礒貝どのっ」

萱野は駆け寄り、冴と佳奈もつづいた。

「おぉぉぉ、萱野どのっ。あっ、霧生院のご内儀にお嬢！　遅かった、遅かった」

「どういうこと！」

走りながら声を絞り出した片岡に冴は問いを投げた。

「わが殿が、わが殿がぁ、吉良さまに刃傷にございまするぅ」

「えぇえ！」

佳奈が声を上げた。

「ご内儀、お嬢、相済まぬ。もう遅いのだ。ここから戻られよ。萱野！」

「はっ」

「ついて来い。このことを伝奏屋敷に。ついで上屋敷へ早馬だ！」

「ははっ」

もはや萱野三平にも、冴や佳奈にかまっている暇はない。三人は走り去り、冴と佳奈はその場にとり残された。

なぜ……、人は思うだろう。だが、冴には分かる。佳奈にも……。片岡が腹から絞り出したごとく、まさしく〝遅かった〟のだ。

立ち直りは早かった。

「佳奈！」

「は、はい」

「吉良さまには上杉家がついています。気になります。イダテンさんかハシリさんに暫時、霧生院《うちゅういん》に詰めてもらいます。そなたはすぐ帰ってこのことを父上に」

「いえ、カカさま。それならわたしがひと走り赤坂へ」

「なりませぬ。そなたは父上に一刻も早く」

言うと冴はもう赤坂御門のほうへ小走りになっていた。佳奈を赤坂へ遣《や》るわけにはいかない。

「はい」

佳奈も神田橋御門のほうへ急いだ。小走りになっている者は周囲にもいる。武士もおれば中間も、佳奈に似た腰元もいる。

「刃傷、刃傷でござるぞーっ」

叫びながら走っている者もいた。佳奈が小走りになってもおかしくない。

神田橋御門を出ると、そこは町場でさすがにまだ城内の噂は伝わっておらず、普段と変わりはなかった。雲が垂れ込め、全体が薄暗い。

佳奈は小走りのまま町場を進んだ。ふり返る者もいる。

「あれっ、霧生院のお嬢。どうなされた、その姿は」

顔見知りの者もいる。かまってはいられない。

冠木門に駈け込んだ。

患者が療治部屋にも待合部屋にもいた。留左が縁側で薬研を挽いている。事情は一林斎から聞いている。

佳奈が走り込んできたのへ驚き、

「お嬢！　どうした」

「なに！　佳奈が帰ってきた⁉」

療治部屋に留左の声が聞こえ、首の筋を傷めた左官屋の患者に鍼ではなく灸を据えていたのはさいわいだった。鍼なら手許が狂い、左官屋は痛さに悲鳴を上げたかもしれない。

一林斎も縁側に出た。佳奈は裾《すそ》を乱し、

「父上っ。遅《おそ》う、遅うございました！」

「えっ」

浅野さまに痞の発作が……一林斎は直感した。

「で、いかに？」

「そ、それが。吉良さまに刃傷を！」

足をまだ踏み石に置いたまま両手を縁側について言う佳奈に、

「いま、いまなんと申した」

「だから、浅野さまが殿中で吉良さまに斬りつけられた由《よし》」

「えええっ」

待合部屋からも驚きの声が聞こえてきた。

「まさか。うむむ、さようなこと」

一林斎は、にわかには信じられなかった。だが、この天候に痞の発作を起こしたなら……なにがあってもおかしくはない。神田の大通りで発症したときには、落馬して犬に斬りつけようとしたのだ。

「ともかく上がれ」

佳奈を療治部屋にいれ、

「詳しく話せ」

言われ、佳奈は途中で片岡と儀貝に出会った場面から話した。これなら薬込役の役務と関わりがない。療治部屋の左官屋も待合部屋の患者たちも聞き耳を立てている。さすがに佳奈は潜みの自覚があるのか、冴が赤坂に向かったことは話さなかった。

「アチチチ」

左官屋が声を上げた。うつ伏せになり首筋や肩に灸を据えたままだった。

「おう。悪い、悪い」

一林斎は灸を据えなおし、佳奈の表情を読み、

「居間へ」

「はい」

佳奈は一林斎につづき、居間へ入った。冴が赤坂に向かったことを話した。その理由に一林斎はうなずき、すぐ療治部屋に戻った。

「先生よう。わしはもうこれでいいですじゃよ」

左官屋が言うと、待合部屋にいた腰痛の婆さんと、近ごろ足がむくんで辛いという紙屋のおかみさんも、

「わたしらも急な痛みはないから、きょうはこれで帰りましょうかね」

と、帰り支度にかかった。

町内の者は霧生院に吉良上野介も浅野内匠頭も来たことを知っている。それがまた町の自慢でもあるのだ。左官屋も腰痛の婆さんも足のむくみのおかみさんも、一林斎に気を利かせたのではあるが、その吉良さまに浅野さまが江戸城の殿中でなにやら斬りつけた。早く家に帰って近所の者に話したいのだ。これほど人々の話題をさらう話はない。

「おぉお、悪いなあ。あしたまたじっくり診るからな」

一林斎は患者たちを縁側から見送った。

四

「留、冠木門を閉めろ。潜り戸は開けておけ。冴が戻って来ようから」

「へいっ」

留左は庭に下り、すぐ戻ってきた。

三人は居間に移った。

「冴が言った上杉の件、儂《わし》も気になるぞ」

一林斎は真剣な表情で言った。その表情は、十六歳の佳奈を一人前と看做《みな》している証《あかし》である。

「はい」

佳奈はうなずいた。まだ腰元衣装のままだ。

事態はどう展開するか、いまのところ分からない。だが、浅野家と吉良家の確執に向かうことだけは必至だ。吉良家には上杉家十五万石がついている。さらに上杉家には、伏嗅組という隠密組織がある。頼方暗殺だけでなく、この方面にも動き始めるかもしれない。それがどう展開するか、まだ一林斎にも予測は立てられない。

留左はわけの分からないまま、なにやら重大な事態のなかに身を置いているような気分になっている。

冴が帰って来た。一人だ。一林斎が問うより早く、

「ハシリさんはつなぎのため赤坂の長屋に残し、イダテンさんに千駄ケ谷へ走ってもらい、ロクジュさんかトビタさんのどちらかと一緒に霧生院へ詰めるよう頼んでおきました」

「ふむ、それでよい。よくやってくれた」

一林斎はうなずいた。一人ずつであれば、赤坂も千駄ケ谷も、つなぎに支障を来《きた》すことがない。江戸潜みがいが一人増えたことのありがたさを、一林斎は噛み締めた。

さすがに薬込役のなかでも足達者な二人か、

「いやあ、外濠城内を抜けて来やしたが、ええ騒ぎですぜ」

と、町人姿のイダテンが職人姿を扮《こしら》えているトビタと一緒に、門扉《もんぴ》の閉まった冠木門の潜り戸を入ったのは、冴が帰ってよりすぐだった。

「内匠頭さまが刃傷のこと、ロクジュが下屋敷へ知らせやしたから、いまごろ小泉どのもヤクシも仰天していやしょう」

トビタが言う。

「まったくだ。いまだに信じられん。冴、間違いないだろうなあ」

「なにを言うのですか、父上。わたしも萱野さまと一緒に片岡さまと礒貝さまから聞いたのですから、間違いなどありませぬ」

一林斎の糺《ただ》す口調に、冴よりも佳奈が抗《あらが》うように応えた。

「それほどこたびの件は奇《き》っ怪《かい》ということなのですよ、佳奈」

「分かっていますよ」

諭《さと》すように冴が言ったのへ、佳奈は反発の口調になった。

ともに霧生院の患者のような浅野内匠頭が吉良上野介に斬りつけた。それが奇っ怪なことは留左にも分かる。

「で、吉良さまは生きておいでなんですかい。浅野の殿さんはどうなりやすんで」

「それよ」

留左の問いに一林斎は返した。

そこが判らないのだ。

「トビタは江戸にまだ不慣れゆえ、イダテン」

「へい」

「探れ」

「がってん。でやすが組頭、トビタも一緒に。いい機会じゃありやせんかい」

「そうじゃのう。行け」

「へいっ」

返事をしたときにはイダテンとトビタはもう居間を出ていた。

「あっしもちょいと、町の噂を拾ってきましょうかい」

「ふむ。それも大事だ。行け」

「へい」

「あ、留さん。午《ひる》にはここへ帰って来なさいな。膳を用意しておきますから」

「ありがてえ。ですが外がこうも薄暗いんじゃ、いつが午か見当もつきやせんや」

言いながら留左は居間を出た。厚い雲はまだ垂れ込めたままだ。

「父上。どうなるのです、浅野家は。それに、吉良さまのご容態は」

「ここで推測してもはじまらん」

佳奈の問いに一林斎は返したものの、

「お城の御典医が浅野さま乱心と証《しょう》を立てれば、浅野さまも浅野家も助かろうが、そうでなければ……」

一林斎は苦悩を帯びた表情で語り、

「それにしても、吉良さまにはなんとかご存命でいていただきたい。ご城内でなければ、儂がすぐにでも……」

「わたしも、行きとうございます」

起こってはならないことが起こったことに、霧生院の居間は驚愕《きょうがく》を超え、重苦しい雰囲気に包まれた。

午過《ひるす》ぎ、

「もう、どの町もえれえ騒ぎでやしたぜ」

と、留左が帰ってきた。

さっそく昼の膳を囲み、

「どのような噂がながれておる」

「へい。吉良さまの手勢が、いまにも浅野屋敷に打ち込むとかで。見に行ってきやしたぜ、外濠の呉服橋《ごふくばし》御門内の吉良屋敷と鉄砲洲の浅野さまのお屋敷を」

「どうでした」

冴が真剣な顔で訊いた。

「そりゃあもう、吉良さまも浅野さまも門は半開きで、そこへご家中でやしょう、出入りが慌ただしゅうて。中をのぞき込もうとしたら、門番に押し返されやしてね。ですがどっちも戦支度《いくさ》なんざありやせんでしたぜ。弓勢《ゆんぜい》や鉄砲組も出ておらず」

「あたりまえだ。いや、戦支度、あるかもしれんぞ。上杉屋敷には行かなんだか」

一林斎が言ったのへ留左は、

「上杉？　なんですかい。あっ、吉良屋敷での野次馬が言っておりやした。吉良さまは長袖《ちょうしゅう》（公家）みてえで馬廻《うままわり》なんざいねえから、上杉の助っ人が来るかもしれねえって。吉良さまと上杉家と、なにか関わりでもあるんですかい」

「縁戚だ。留！」

「へぇえ。親戚関係ねえ」

「すまんが、腹ごしらえをしたら、上杉屋敷もちょいと見てきてくれ。人の出入りがあるかどうかだけでよい。桜田御門の外で、往来勝手のところだ」

「へいっ」

留左はめしをお茶漬けにし急ぐようにかき込み、ふたたび潜り戸を走り出た。

入れ替わるように、イダテンと物見《ものみ》に出たはずのトビタが、一人で潜り戸に駈け込んだ。

居間に入るなり、

「吉良さま、ご存命のようす」

開口一番の報告に、

「おぉう」

と、座に安堵の空気がながれた。聞けばトビタとイダテンはお城の大手門の前は騒ぎだけで中のようすが分からず、赤坂の上屋敷へ行って裏門から氷室章助につなぎを取り、イダテンの長屋で待機していたハシリとともに三人で、氷室からのつなぎを待ったという。

さすがは御三家の一つで、吉良家とは縁戚になっている紀州徳川家だ。城内の状況の把握は迅速だったようだ。

それよりも千駄ケ谷の下屋敷だ。

冴に言われたイダテンが千駄ケ谷に走り、トビタと一緒に急ぎ神田須田町に向かったすぐあと、棲家に残ったロクジュは下屋敷の裏門に走り、浅野内匠頭刃傷の一件は瞬時にヤクシから小泉忠介を経て光貞に伝わった。

光貞は仰天し、事態把握のため小泉忠介を赤坂の上屋敷に急ぎ遣《つか》わした。ロクジュはつなぎのため、千駄ケ谷の棲家に待機したままとなった。

小泉が上屋敷に入ったのは、登城している藩主の綱教がお供の家臣をつぎつぎと藩邸に走らせ、殿中のようすを知らせ始めたころだった。

しだいに殿中のようすが判ってくる。

刃傷の場所は松ノ廊下で、

――上様（綱吉将軍）激怒のごようす

――吉良どのは軽傷にて、上様から見舞いの言葉をいただいた由

――浅野どのは身を拘束《こうそく》され、いずれかの大名家へお預けとなるようす

そこまで分かったところで氷室は、上屋敷から町場のイダテンの長屋に走ったのだった。こうした城内の話は、使番中間《つかいばんちゅうげん》の氷室だけではつかみ得ない。小泉忠介が中奥で聞き出し、氷室に伝えたのだ。

このとき長屋には、イダテンとトビタとハシリの三人がつなぎを待っていたことになる。三人は氷室から殿中のようすを聞かされ、トビタが一林斎に知らせるべく神田須田町へ走り、イダテンとハシリは再度の氷室からの知らせを待つため、そのまま長屋に待機した。

「それだけではありませぬ」

トビタは言う。

「氷室どのの知らせによれば、伏嗅組の猿橋八右衛門どのが上屋敷に訪《おとな》いを入れたとのこと」

「なに！」

霧生院の居間に緊張が走った。

あるじの綱教は登城しているが、矢島鉄太郎は上屋敷に残っている。猿橋の談合相手は矢島であろう。なにが話し合われたのかは分からない。

トビタがそうした経緯《いきさつ》を説明しているところへ、霧生院の冠木門の潜り戸から急ぎ入って来た者がいた。その物音に、

「留さんかしら」

居間で佳奈が立ち、玄関にすり足で向かおうとした。すると、

「あら、イダテンさん」

町人姿のイダテンは佳奈よりも早く居間に入り、

「氷室どのから、二回目のつなぎがありやした」

開口一番に言う。

「トビタがこちらへ向かったすぐあとでやした。お城からまた家臣の使番が走り戻って来て、新たな知らせが」

「ふむ。申せ、さあ」

一林斎とトビタ、冴と佳奈もイダテンを凝視した。

イダテンはそれらを受け、

「浅野さまには奥州一関《いちのせき》藩三万石の田村《たむら》家へお預けとなり、すでに網《あみ》をかけた罪人駕籠で愛宕《あたご》下大名小路の田村邸に護送されたとか」

「えぇえ。網をかけた！」

思わず声を上げたのは佳奈だった。

イダテンの言葉はつづいた。

「上様のお怒りはすさまじく、即刻の切腹は免れないだろうとのこと。この知らせが上屋敷に入ったすぐあと、猿橋どのは急いで桜田門外の上杉屋敷に戻られたとの由。それを確かめるため、ハシリがあとを尾けました。おっつけ、こちらへ戻って来やしょう」

職人言葉と武士言葉がまぜこぜになっている。

「ふーむ。猿橋八右衛門は、そうしたようすを知りたくて、わざわざ紀州屋敷へ足を運んでいたのか」

一林斎はつぶやき、

「それよりも、どなたも浅野さまご乱心との証《しょう》は立てられなかったのか」

「それでございます。浅野さまみずから乱心にあらず、遺恨《いこん》これあり、と」

「なんと！　浅野さまはまだ痞《おこり》から目覚めておいでではないのか」

イダテンの説明に一林斎はうなり、霧生院の居間は悲痛な空気に包まれた。あるじが殿中のご法度《はっと》に背《そむ》き、高家筆頭に斬りつけた。しかもみずから乱心を否定し、わけの分からない理由を口走っているのでは、当人の切腹だけでなく、最悪の赤穂藩お取潰しまで見えてくる。

江戸潜《い》みの薬込役として、どう対処してよいか分からない。だからといって、これまでの内匠頭と上野介の霧生院への厚情から、傍観はできない。加えて、これから死闘を展開するであろう上杉家の伏嗅組が、なにやらこの事態に関与しそうなのだ。

いま、町場での待機は、千駄ケ谷のロクジュ一人となっている。

「うーむ」

一林斎はうなり、

「イダテン、トビタ、よう聞け。冴と佳奈も」

薄暗い部屋の中で、一林斎は重苦しそうに言った。佳奈も含め、四人は一林斎を見つめた。

「ハシリの報告を待つまでもなく、猿橋八右衛門は間違いなく上杉屋敷へ戻ったことだろう。問題は、そのあとの伏嗅組の動きじゃ」

「いかが判断なされます」

冴が低い声で言った。

一林斎は応えた。

「まず、最悪の事態を考えよう」

「いかように」

冴が問いを入れた。

「浅野さまがご切腹でお家断絶となり、なおかつ吉良さまがご存命で将軍家より見舞いのお言葉までいただいたとなれば、浅野家臣のお方らは刃傷の原因がなんであれ、収まりがつくまい。その鬱憤《うっぷん》を、吉良さまに向けぬとも限らぬ。国おもての播州赤穂の方々まで一丸となり、吉良さまへこたびの憤懣《ふんまん》をぶつけるとなれば、すでに巷間《こうかん》で言われているごとく、戦もどきの騒動になるやもしれぬ。そうなれば」

「あっ、分かりやした。吉良家では防ぎ切れない。上杉が吉良さまを護らねばならなくなるかもしれぬ、と」

イダテンが言った。

「そこだ。ならば上杉家の隠密衆はどうする。すべての動きをおもてに出さず……」

イダテンが戻って来てより、すでに半刻（およそ一時間）は経ていようか。一林斎の話をさえぎるように、

「先生よーうっ」

玄関に大きな声が立ち、廊下に激しい足音が響いた。音とともに居間に飛び込んで来たのは留左だった。着物を尻端折《しりはしより》に息せき切っている。

「留さん、どうしたの！」

留左は居間にどんと腰を下ろし、佳奈が淹れたお茶を一気に飲むなり、

「上杉屋敷の裏手で、ハシリとロクジュの兄イたちと会いやしたぜ！」

留左は話しだした。自分も一端《いっぱし》の仲間になった気になっている。つなぎ役だが実際にそうなのだ。町人姿の薬込役たちを〝兄イ〟と呼びはじめている。

「どういうことだ、留。ハシリとロクジュに会ったというのは」

一林斎だけでなく、この場の全員が留左に視線を向けた。一林斎、冴、佳奈、イダテン、トビタの五人である。

留左は一林斎に言われたとおり、桜田御門外の上杉屋敷の偵察に行った。正面門にはなんら変化はなく、静かだった。裏にまわった。裏門がある。やはり静かだ。その

前をさりげなく通り過ぎ、角を曲がろうとしたときだった。

「——留さん」

不意に角から声をかけられた。千駄ケ谷の棲家にいるはずの、額の長いロクジュだった。古着を包んだ風呂敷を背負った行商人姿を扮《こしら》えている。千駄ケ谷で光貞も上杉が気になったか、下屋敷に残っていたヤクシを介して、ロクジュを上杉屋敷の偵察に行かせた。そこで留左を見かけ、声をかけたのだった。

二人はおなじ目的で来たことを知り、それではもう一度まわってみようと、一緒に広大な上杉屋敷をぐるりとまわった。やはり静かで、ときおり中間と出会うだけだった。ふたたび裏門の通りに入った。なんとそこを、赤坂から猿橋八右衛門を尾けてきた職人姿のハシリが歩いていたではないか。

三人はその場で立ち話になった。武家地で町人が立ち話をしていてもなんら不思議はない。行商人も職人も武家屋敷に出入りするのは裏門からである。たまたま知った者同士が出会い、立ち話でもしているようにしか見えない。場所も、角に隠れるでもなく、裏門のすぐ近くだ。こうした場合、故意に身を隠そうとすればかえって怪しまれることを、ハシリもロクジュも心得ている。

ハシリが留左も一林斎の配下と認識し、ここまで来た理由《わけ》を話した。猿橋が裏門に入ったのは、ロクジュと留左がおもてのほうを歩いていたときだろう。二人は猿橋に出会わなかった。

三人とも、ただ静かだったというだけではなく、紀州徳川家の上屋敷を出た猿橋が上杉屋敷に戻ったという報告すべき事項を得て、

「――さあ、もう帰ろうか。来たときと同様、また別々になあ」

と、ハシリが言ったときだった。

裏門が開き、四人の武士が出てきた。いずれも笠をかぶり、絞《しぼ》り袴《ばかま》で打飼袋《うちがいぶくろ》を背に結び、草鞋《わらじ》の紐をきつく結んでいる。旅支度だ。

「――ん？」

「――おっ」

職人姿のハシリが首をかしげ、古着行商人姿のロクジュも、四人連れの武士に視線を投げ、互いにうなずき合った。笠で顔はちらとしか見えなかったが、四人のなかの二人が、頼方の江戸入りのときに小田原と藤沢で確認した、伏嗅組の者だったのだ。

ということは、四人とも伏嗅組で、差配の猿橋が紀州徳川屋敷から帰って来ると、入れ替わるように出てきた。あのときは町人の旅姿で、しかも顔がちらとしか見えなくとも、薬込役なら体つきや歩き方でそれと判る。

行商人姿と職人姿と遊び人姿の三人は、四人の旅姿の武士を白壁の角を曲がるまでほんの少しのあいだ尾け、

「——ふむ。東海道だ」

ハシリがつぶやき、三人は歩をとめた。歩みの方向だけを確かめたのだ。

「——留さん。俺たちはあやつらを尾ける。このことを至急霧生院へ。向後《こうご》のつなぎはそのつど考える。さあ、行け」

「——へい」

ロクジュが言ったのへ留左は応え、

「へへん。それから着物を尻端折に、駈け戻ったってえ次第で」

霧生院の居間で留左はようやく話し終え、

「ところで、猿橋八右衛門って誰ですかい」

「忍びの差配です。敵方の」

「えぇ！　忍び?!」

佳奈が応えたのへ、留左は驚いたような声で返した。

それよりも、

「相分かった」

一林斎は武士言葉でうなずき、町人姿のイダテン、職人姿のトビタ、腰元姿の冴と佳奈の一同を見まわし、

「さきほどの話のつづきだが、上杉家としては、向後発生するかもしれない吉良家と浅野家臣団との諍《いさか》いに巻き込まれたくはないはずだ。ならば、いま為《な》すべきことは一つ。江戸藩邸から国おもての赤穂へのつなぎを遮断し、国元の藩士らの動きを一日でも遅らせ、浅野家臣団の結束を乱すこと」

「そんな！」

佳奈がそうした動きを非難する声を上げた。

「さよう。上杉の者が浅野家臣団の動きを遅らせるなど、やらせてはならぬこと。われらはいずれに与《くみ》するものでもない。向後のわれらの戦いに備え、伏嗅組の勢力をいささかでも削いでおく好機と捉えよ。行くぞ！」

「承知！」

イダテンの声に、トビタも無言のうなずきを示した。

「父上、わたくしも」

佳奈が言ったのには、座の者は内匠頭刃傷の第一報を聞いたときよりも驚いた。

「うぅむむっ」

一林斎はうなり、冴は緊張した。

五

やはり年ごろの娘か、

「あら、わたし。もう少しこのままでいたかった」

冴にうながされ、立ち上がった佳奈は自分の姿を見た。腰元姿のままだった。

「さあ、早く」

ふたたびうながされ、となりの部屋に入って出てきたときには、

「おぉ」

留左も含め、座の者は声を上げた。

冴の手ほどきを受けながら自分で縫い上げた、梅の花模様の絞り袴に筒袖である。十三歳のとき留左を下男に〝家族〟で甲州街道の下高井戸《しもたかいど》へ薬草採りに行ったときの衣装で、それを十六歳の体形に合わせて縫いなおしたものだ。ふところには飛苦無と憐み粉、さらに安楽膏が入っている。イダテンとトビタもそれぞれのいで立ちのまま、匕首《あいくち》と手裏剣などの得物をふところに庭へ出た。

空はまだ厚い雲に覆われたままだが、体感では日の入りの暮れ六ツにはもうすこし間があるかといった時分のように思える。実際にそうだった。

「急ぐぞ。東海道だな、留」

「へい。確かに」

「おまえさま」

一林斎が念を押したのへ留左は返し、冴が一林斎に緊張の目を向けた。

「大丈夫です、母上」

「そうでさあ。組頭とあっしらがついていまさあ」

佳奈が言ったのへイダテンがつないだ。

「あらあら。それじゃわたし、お荷物みたいじゃないですか」

佳奈の言葉がその場の空気をやわらげた。

潜り戸が開き、まず着物を尻端折にしたイダテンが出て、ひと呼吸おいて絞り袴の佳奈が、さらに軽衫に筒袖の一林斎、つづいて職人姿のトビタが、つぎつぎと間合いを取って霧生院の庭から消えた。冠木門の外を人が通りかかっても出会うのは一人だけで、そこに奇異を感じる者はいない。

庭には冴と留左が残り、

「それじゃあっしはこのことを、千駄ケ谷の下屋敷にでござんすね」

と、最後に潜り戸を出た。ハシリとともに伏嗅組四人を尾け、すでに東海道を西に向かっているであろうロクジュは、光貞の命で上杉屋敷の偵察に出たのだ。下屋敷にこの展開を知らせておかねばならない。訪ねる相手は中間のヤクシである。

一人になり、

「ふーっ」

冴はようやく大きな息をついた。安堵の息などではない。霧生院の跡取りにするなら、きょう佳奈を戦いの場へ送り出した選択は間違っていない。栄《は》えある初陣だ。しかし、まだ冴の脳裡には迷いがある。それよりもいまは、

(無事に帰って来ますように)

ただ祈るのみだった。


霧生院の潜り戸を出た一行は、神田の大通りの枝道で一度落ち合い、それぞれの役務を確認し、ふところから提灯を取り出して火を入れ、ふたたび間合いを取って大通りへ出た。天候のせいか、あたりはすでに提灯の火が必要となっている。一行は脇道には入らず、日本橋から敢えて東海道を進む算段だ。先行したロクジュとハシリの二

人と、間違いなく合流するためである。

こうした時分に急ぎ足になっても怪しまれない方途は一つ、提灯を手に自分の存在を他に示すことである。火灯《ひとも》しごろが過ぎてから、灯《あか》りなしで往還を走っているのは盗賊だ。

日本橋の橋板に、すでに大八車や下駄の音はない。渡ったところで、先頭を行くイダテンの影が灯りとともに街道から消えた。鉄砲洲の浅野家上屋敷に向かったのだ。先頭になった一林斎は歩を進めながらイダテンの灯りを見送り、その十数歩うしろに佳奈がつづき、最後尾はトビタだ。街道には人影もすでにまばらとなっている。

この時分、愛宕下の田村邸で浅野内匠頭はすでに切腹し、苦しみを覚えさせぬための大刀も即座に打ち下ろされていた。

「ええい、これ以上待てぬ。ともかく第一陣じゃ。発《た》ていっ」

浅野家上屋敷の庭で叫んだのは堀部弥兵衛《ほりべやへえ》だった。庭には四枚肩《しまいかた》の早打駕籠《はやうちかご》が二挺、駕籠尻を地につけ二人の使者もすでに駕籠の中である。

内匠頭に切腹の沙汰があったことは、すでに浅野家にも伝わっている。いま待っているのは、吉良上野介のようすである。

「殿は見事討ち取られたか、それとも討ち洩らし、吉良さま存命か」

そのようすがなかなか洩れてこない。このいずれかによって、浅野家面々の意識は大きく異なる。

そのようすをいち早くつかんでいた紀州徳川家は、さすがに御三家だ。しびれを切らした堀部弥兵衛の号令に、担ぎ棒の小田原提灯に火が入り、

「出立《しゅったつ》ーっ」

声がかかり、正面門が開いたのは、イダテンが屋敷の前を一度通り過ぎ、引き返してふたたび正面門前にさしかかったときだった。

先触れの者が持つ提灯の灯りが激しく揺れはじめたのが、外からも見えた。

「おっ」

提灯を手にしているイダテンは早打駕籠が二挺であるのを確認し、急いで正面門前を離れた。門内からその姿は、たまたま門前を歩いていた町人が、不意に開いた門から先触れの灯りや駕籠の小田原提灯が出て来るのに驚き、慌てて道を空けたように見えたことだろう。

灯りは街道に向かった。むろん、それを手にしているのはイダテンである。

早打駕籠の先触れは駕籠舁き人足の仲間であり、次の宿場に走り交替の駕籠舁き人

足を手配する役目だ。おそらく品川宿で最初の交替があるだろう。

走った。先触れの灯りの一丁（およそ百 米《メートル》）ほど前だ。これだけ離れれば、先触れからその灯りは見えない。宿場ごとに先触れも新たな者が走ったとしても、それらに負けるイダテンではない。足は飛脚よりも速く達者なのだ。

一林斎の一行も走っている。街道に人通りはすでになく、ときおり見る灯りは屋台の蕎麦《そば》屋か沿道の飲み屋の軒提灯《のきぢょうちん》くらいだ。さすがに佳奈は十六歳か、一林斎とトビタのあいだを、おなじ速さでおなじ間隔を保って走っている。そのための絞り袴だ。

霧生院を出るとき、浅野家の急使が夕刻に出たなら、

（伏嗅組が襲うのは品川宿を過ぎたあたり）

一林斎は予測を立てた。時間的に、夕刻近くに築地の鉄砲洲を出れば、品川宿を駈け抜けるのはすでに暗くなり、宿場の通りにも人影が絶えた時分である。品川宿を抜ければ鈴ケ森《すずがもり》の仕置場であり、磔刑《はりつけ》や獄門（さらし首）の場とあっては、さらに人通りはない。

（そこだ）

と、一林斎が読んだのは、その一帯が森林で襲うに適した地形からだけではない。夕刻前後に発てば、六郷川《ろくごうがわ》の渡しに夜明け前に着く。舟は夜が明けなければ出ない。夜明けを待つあいだ、急使も駕籠舁き人足たちもしばしの休息が取れ、一日の時間を有効に使うことができる。そこまで考えての予測である。おそらく伏嗅組も浅野家もおなじことを考えたであろう。だから上杉屋敷では、猿橋八右衛門が紀州屋敷から帰るなり、急いで四人の伏嗅組が裏門を出たのだろう。

一林斎たちは走っていた。うしろにはすでに、浅野家の早打駕籠が走っていると予測できる。実際、走っている。

田町《たまち》を過ぎれば、片側に潮騒《しおざい》が聞こえる。江戸湾の袖ケ浦《そでがうら》だ。満ち潮で風の強い日は街道にまで波しぶきがかかる。袖ケ浦に沿った街道の途中に小さな町場がある。泉《せん》岳寺《がくじ》の門前町だ。街道に沿って数軒の茶店がならんでいるが、この時刻に灯りはすでになく、月も星も出ていなければ視界は漆黒《しっこく》の闇だ。不気味に潮騒の聞こえるなかに提灯の灯りが点々と浮かんで揺れている。

「組頭」

茶店の途切れたところで、一林斎は脇から不意に声をかけられた。

「おう。そこだったか」

歩を止め提灯をかざすと、そこにロクジュが立っていた。大きな風呂敷包みを背負ったままだ。佳奈がそこへ到着し、

「え？　お嬢！」

と、ロクジュも佳奈が加わっていることに驚いたようだ。

「ここでしたかい」

と、最後尾のトビタが加わり、三張《みはり》の提灯の灯りに四人の影が闇に浮かんだ。

「ハシリはこの先です。その前にこれを」

風呂敷包みを解いた。中身はなんと古着ではなく、龕燈《がんどう》が三筒《さんとう》も入っていた。薄い鉄板を筒状に加工して背の部分に取手《とって》をつけ、中の蠟燭立《ろうそくた》ては自在に動く輪を二つ組み合わせた中に固定され、本体をどのように動かしても、蠟燭は常に上を向く仕掛けになっている。灯りは提灯と違い前方のみを照らし、向けられた者からは眩《まぶ》しくて龕燈を持っている者の姿が見えない。しかも口を地に伏せれば、中で蠟燭は灯《とも》ったままで灯りは外に洩れない。暗い中での捕物や、闇夜に人を待ち伏せいきなり灯りを浴びせかけるにはこの上ない道具だ。

来る途中、闇夜での闘争になると予測したロクジュは、これを蠟燭屋で調達し、古着の代わりに包んでいたのだ。

「よくやった。さあ、間もなく背後にイダテンの提灯が見えるはずだ。急げ」

「へいっ」

提灯の火を龕燈の蠟燭に移し、ロクジュとトビタと、

「あらあ、これは便利」

と、佳奈の三人が持ち、

「行くぞ」

四人はそれぞれ三間（およそ五米）ほどの間隔を取り、ふたたび走りだした。先頭にはロクジュが立った。後方にまだ灯りの揺れるのは見えない。

品川宿の町場に入った。

両脇の旅籠のならびが、不気味で黒く大きな影に見える。ということは、漆黒の闇ではなく、わずかばかりのおぼろな月明かりを地上が感じ取っていることになる。さきほどまで走っていたから気がつかなかったが、風がいくらか出てきて、雲の層が薄くなっているようだ。

街並みを過ぎた。

街道の両脇には田畑が広がり、前方は鈴ケ森の茂みだが、いまは前面に黒くこんもりと盛り上がった影の輪郭がかすかに見えるのみだ。

「ここだ」

声とともに脇の闇から黒い影が飛び出た。ハシリだ。ロクジュの背後に点々と灯りがつづいている。

「あっ、組頭も。みんな灯りを消してくだせえ。早く」

ハシリの声にロクジュは龕燈を地に伏せ、一林斎は急いで提灯の火を吹き消した。

「えっ、お嬢」

その場に走り着き、龕燈を伏せる瞬間に視認できた佳奈の顔に、ハシリも低く驚きの声を洩らした。最後尾のトビタも、ハシリの声は聞こえなかったが事態を察し龕燈の口を下に向けて走り寄り、着くなりロクジュと佳奈に倣《なら》い口を地に伏せた。

「前方に林が黒く見えやしょう。やつらは街道がそこへ入ったところで左右に二人ずつ潜んでおりやす」

「ふむ。もっと近づけそうだな。行くぞ」

ハシリの説明に一林斎は判断し、龕燈の三人は口を自分の腹に押しつけて灯りの洩れるのを防ぎ、足で地面をさぐりながら進んだ。

「これ以上は無理です」

ハシリが声を闇に忍ばせたのは、伏嗅組四人が潜んでいるという樹間まで十間（およそ十八米）余りの地点だった。樹間に入る手前だ。一林斎、佳奈、ロクジュ、ハシリ、トビタの五人は往還の隅にひとかたまりとなり、ふところから手裏剣を取り出し、貝殻に入れた薬込役秘伝の安楽膏を手探りで先端に塗った。佳奈は飛苦無だ。傷口に少量でも入れれば必ず死ぬ、必殺の毒薬だ。苦痛をともなわず筋肉が弛緩《しかん》し、静かに息を引き取る。だから〝安楽〟膏なのだ。佳奈もまわりに倣い、黙々と飛苦無に塗った。さっき龕燈を手に〝これは便利〟と言ってから、佳奈は無口になっている。緊張しているのだ。

一林斎は声を闇に這《は》わせた。浅野家急使を無事に通す策だ。

いま闇の中に先制攻撃をかけたのでは、四人すべてを斃すのは困難だ。伏嗅組も自分たちとおなじ隠密衆であれば、一人取りこぼしてもその者がいずれかに潜み、駕籠を襲うだろう。闇に見失った敵を找《さが》し出すのは不可能に近い。

策は一つしかない。敵は小田原提灯を担ぎ棒に吊るした駕籠が、眼前に来た瞬時に飛び出し、刀を駕籠に刺し込むだろう。不意打ちなら必ず成功する。

敵が飛び出した瞬時に龕燈の灯りを浴びせ、手裏剣を打つ。必殺の安楽膏でも、即死ではない。数呼吸は生きている。手足の筋肉が弛緩する前に、駕籠を襲うことも可能だ。

「手裏剣を打つと同時に走り込み、匕首《あいくち》で刺す」

しかし、十間も離れておれば、龕燈といえど届く光は弱く、動く標的へ四人同時に命中させるのは困難だ。しかも走り込むには距離がありすぎる。

「来た」

トビタが息だけの声を吐いた。

提灯の灯りだ。無地の提灯で、かつ激しく揺れていないことから、それが先触れの人足ではなくイダテンであることが分かる。

トビタが往還に飛び出し、手足を広げて立ちふさがった。前方に潜んでいる伏嗅組たちから灯りをさえぎるためだ。

イダテンはトビタの影に気がついたか、提灯の火を消し走り寄った。辛うじて動く影が視認できるまで空の雲が薄くなっているのがさいわいだった。

「ここか」

「しーっ」

トビタは叱声《しっせい》を吐き、イダテンを一群のところへともなった。先触れの人足をかなり引き離しているようだ。

「浅野家の早《はや》は二挺、間もなく先触れが参ります」

「よし、分かった。ご苦労」

イダテンの報告を聞き、一林斎は一同に下知した。伏嗅組との距離をいま以上に縮めるのは困難だ。六人になった一群は左右二手《ふたて》に分かれ、数歩伏嗅組に近づき、往還の両脇に身を潜めた。

一林斎の側には佳奈とイダテンだ。伏嗅組が潜む方向に向かって右手になる。

佳奈はなおも無口だった。一林斎は声を這わせた。

「どうだ、佳奈。恐いか」

「は、はい。恐ろしゅうございます」

医者である。現実を重視する。佳奈の返事に、

(よし。佳奈は慥《しか》と成長しておる)

一林斎は確信した。

六

提灯の灯りが見えた。激しく揺れている。

先触れだ。

みるみる近づく。

「足音、聞こえます」

佳奈は右手で、伏せた龕燈の取手《とって》を握っている。飛苦無はまだ左手だ。すでに安楽膏を塗っており、ふところに入れるのは危険だ。揺れる灯りを凝視し、掠《かす》れた声を吐き生つばを呑み込んだ。震えてはいない。

両脇の薬込役たちのあいだを、先触れはなにも気づかず走り去った。心ノ臓の鼓動が伝わってくるようだった。身を隠しているわけではない。両脇の草叢《くさむら》に龕燈を伏せ身をかがめているだけだ。

(先触れを襲うことはあるまい)

薬込役たちは見込んでいる。

伏嗅組四人は、駕籠が二挺であることを知らない。だが、二挺つづいて走っているのだからその灯りにすぐ気づき、瞬時の戸惑いを見せるだろう。

「――そこに龕燈の灯りを浴びせ、手裏剣を打ち込む」

一林斎は一同に告げている。

先触れの灯りは見えなくなった。すでに伏嗅組の潜んでいるあたりも通り過ぎたであろう。襲ったような物音は聞こえなかった。おそらく伏嗅組たちも一林斎たちと同様、両脇の草叢に身をかがめているだけだろう。上杉屋敷から尾けたハシリとロクジュによれば、かれらは灯りの道具を持参していない。

待った。

来ない。

先触れは駕籠のかなり前を走っているようだ。それでこそ先触れなのだが……。

風に樹木のざわめく音ばかりが聞こえる。

空にはやがて、おぼろ月が見られようか。

(この風が、一日早かったなら)

一林斎には思えてくる。

「東に気配が」

佳奈だ。緊張と若さからか、まっさきに気づいたようだ。

見えた。

小田原提灯の灯りだ。灯りが重なっているのは、交替の人足が先導するように駕籠のすぐ前を走っているからだろう。

揺れている。

——えいっほ、えいっほ

樹々《きぎ》のざわめきのなかに、かけ声が聞こえはじめた。

その声から、人足たちの息の合っているのが感じられる。

近づく。

佳奈の身が、かすかに動いた。

「心せよ……、間合いが肝心ぞ」

一林斎が佳奈の袖をつかみ、叱声を吐いた。緊張からか、佳奈の身に飛び出す衝動が走ったのだ。龕燈を照らす者、手裏剣を打つ者、すべての呼吸が合っていなければ成功しない策だ。

かけ声が大きくなり、揺れる灯りに人足たちと駕籠の輪郭が見えてきた。

先導の人足のすぐうしろに四枚肩の駕籠が前棒にも後棒《あとぼう》にも小田原提灯が提げられ、すぐそのあとにおなじような駕籠がつづいている。

通り過ぎた。先触れとおなじく、先導の者も担ぎ手もすぐ前面の足元にしか注意を払っていない。伏嗅組は十間ばかり前方に身をかがめている。

草叢の六人は足音もなく往還に出るなり、トビタ、ロクジュ、佳奈の三人は龕燈の口を腹に押しあて、一林斎にイダテン、ハシリは手裏剣を持った手を頭上にかざし、小田原提灯の灯りが届かない距離を取り、ひとかたまりになって駕籠につづいた。かなりの速足になる。息遣いがあっても、駕籠の向こうの伏嗅組たちには気づかれないだろう。

二、三間は進んだか、

「おぉ」

駕籠の走る両脇から人の影が躍り出た。小田原提灯の灯りに、抜刀しているのが看《み》て取れた。

「ひえーっ」

「な、なんなんだ！」

先導か担ぎ手か、叫んだのが聞こえた。

二挺の駕籠尻が同時に地をこする音に、左右の影たちの動きが一瞬とまった。呼吸の合ったなかにすぐさま分担を決めたのだろう。

その瞬間だった。距離は五間（およそ九米）ほどに縮まっている。三筒の龕燈が一斉に前方へ向けられた。灯りは届くが、照らされた者からはその部分のみが異常に光って見える。伏嗅組たちは瞬時、なにが起こったか判らなかっただろう。その刹那《せつな》だった。なにかの風を切る音を伏嗅組たちは聞いた。

「うっ」

左右からうしろの駕籠を襲おうとした二人の動きが一瞬とまった。一林斎とイダテン、ハシリが手裏剣を打ったのだ。三本とも命中していた。だが、前の駕籠を襲おうとしていた二人は無傷だ。

駕籠はどうなったか。

駕籠尻を地につけるというより、打ちつけていた。

「うわーっ」

「物盗りだーっ」

先導の者も担ぎ手たちも闇の中へ逃げ込んだ。

駕籠への衝撃は大きかった。前方の駕籠では急使が外へ転がり出て、うしろの駕籠は横転しその中から、

「ぬぬっ、なにごとっ」

もう一人の急使が這い出そうとしていた。小田原提灯の火は消えている。灯っているのは、前の駕籠の一張《ひとはり》だけだ。

「それっ」

ロクジュの声だ。トビタと佳奈はそれにつづき、龕燈を伏嗅組に向けたまま前面に走った。迫ってくるそれらの強い灯りに伏嗅組たちはたじろいだ。灯りだけで人の姿

が見えない。だが、対処しなければならない。大刀を手に身構えるのと同時に、それら灯りと灯りのあいだから、人が躍り出た。

「ぬぬっ」

医者姿の一林斎と職人姿のハシリ、着物を尻端折にしたイダテンだ。

龕燈に照らされた中へ一林斎は飛び込むなり、苦無で眼前の伏嗅組の大刀を、

——カチン
はねのけ、そのまま走り込み、右手から前の駕籠の急使を襲おうとしていた者に苦無を打ち下ろした。

——グキッ
その者は一林斎の苦無を大刀で受けとめた。相当な使い手だ。

背後で、刀をはねのけられた者は体勢を立てなおすことができず、よろよろとその場に座り込んだ。安楽膏が効いてきたのだ。

同時の動きだった。職人姿のハシリが、左手からうしろの駕籠を襲おうとして手裏剣を受けた伏嗅組へ、その者の刀を避けるように身をかがめるなり体当たりし、一緒に倒れ込んで起き上がったときにはその腹に匕首を刺し込んでいた。

その横をかすめて走り込んだイダテンは、左手から前の駕籠に迫った伏嗅組に身を

かがめて体当たりした。

「ううっ」

うめきはイダテンだった。腹に匕首を刺し込んだのと同時に、くの字に身を曲げた伏嗅組はその体勢のままイダテンの背に斬りつけた。二人はもつれて倒れ込み、伏嗅組が起き上がるなり、龕燈を左手に持ち替えたトビタとロクジュが同時に手裏剣を打ち込んだ。至近距離で龕燈の灯りの中に捉えている標的だ。深くは刺さらないが、外すことはない。胸と肩に命中した。

一方、一林斎の苦無を受けとめた伏嗅組は腰を落とし、再度大刀を打ち下ろそうと上段に構え、一林斎は刀の切っ先の届く範囲外に飛び退《の》いた。佳奈の龕燈が、その者の動きを闇に浮かび上がらせている。

駕籠から転げ出た急使は上体を起こし、

「ううっ。これは！」

大刀を振り上げた者を睨《にら》んだ。見知らぬ武士が駕籠を襲い、そこへ医者姿や職人姿ら得体の知れない一群が防御に飛び込んできたことを瞬時に覚った。

一林斎に向かって大刀を振り上げた武士は、さすがに伏嗅組か中腰になったばかりの急使に向け振り下ろそうとした。一林斎は飛び下がった直後で、再度飛び出るには間に合わない。

「来るか！」

急使は叫び中腰のまま刀に手をかけようとした。ない。駕籠に乗るとき、刀は腰からはずす。急使と一緒に外へこぼれ出たか、駕籠の中かそれさえ判らない。

（まずい！）

一林斎が心中に叫んだのと同時だった。

「えぇいっ」

佳奈が右手に持っていた龕燈を武士に投げつけた。龕燈を持ち替え飛苦無を構える間がなかったのだ。

――ガシャ

武士は打ち下ろしかけた刀の向きをとっさに変え、龕燈を払いのけた。さらに同時だった。間合いを得た急使は中腰だったのがかえってさいわいだった。その体勢のまま飛び込むように武士の腰に組みついた。

「うぉっ」

武士は仰向けに転倒し、そこへ間を得た一林斎が踏み込み心ノ臓を苦無でひと突きにした。

「ぐっ」

武士は低い声とともに息絶えた。

「ふーっ」

急使は大きく息を吐き、身を起こした。駕籠の反対側では龕燈を左手にしたトビタとロクジュが、二人目の伏嗅組に手裏剣を打ち込んだところだ。

佳奈が急使に駈け寄り、

「おケガは！」

いかに龕燈でも投げつけ叩きつけられたのでは火は消える。前棒には小田原提灯が提げられたままで、消えていない。

「おっ、そなた。佳奈どの！」

「あ！　萱野さまっ」

なんと、前の駕籠の急使は萱野三平ではないか。これは一林斎にも意外だった。ちなみに、うしろの駕籠の急使は早水藤左衛門《はやみとうざえもん》といった。

戦いはすでに終わっている。

「これは、一林斎どの!?　な、なにゆえ」

一林斎は瞬時、返答に困ったが、

「われらも内匠頭さま縁《ゆかり》の者なれば」

「し、しかし……佳奈どのまで⁉」

萱野は佳奈の絞り袴と筒袖に目をやった。佳奈は一瞬、戸惑いを見せた。

「佳奈は、内匠頭さまのお気に入りじゃったゆえなあ。さあ、うしろのお方もお急ぎなされ。早う駕籠へ」

一林斎は萱野三平の背を駕籠のほうへ押し、

「おぉい、駕籠舁きの衆。もう終わったぞうっ。出て来なされ」

闇に向かって言った。

反応はあった。

「ひーっ」

闇から出てきた駕籠舁きたちは、龕燈と小田原提灯の灯りのなかに死体がころがっているのを見て悲鳴を上げた。

「この者ら、上杉の手の者にござる」

「えっ」

驚きながらも萱野と早水は得心し、

「さあ、発たれよ」

一林斎の声に、ふたたび四枚肩の早打駕籠は先導の者とともに動きはじめた。

佳奈が数歩、萱野三平の駕籠について走り、

「萱野さま、道中お気をつけてーっ」

「佳奈どのっ、さきほどの武勇、忘れませぬぞーっ。わが恩人じゃっ」

二人は周囲を憚《はばか》らぬ大きな声だった。

闇のなかに、佳奈はしだいに小さくなる小田原提灯の灯りを見送った。樹間に道が曲がっているのか、灯りはぷつりと視界から消えた。

背後に聞こえた。

「組頭！　診てくだされ、イダテンが」

ハシリの声だった。

三　再会

一

「品川宿に戻り、枝道の奥まった小体《こてい》な旅籠《はたご》を起こし……」

霧生院の居間で佳奈が冴に報告している。

佳奈がロクジュとトビタと三人で品川宿を出たのは、日の出のすこし前だった。昨夜来の風で、雲は消えていた。

「——これがきのうであったなら」

旅籠の裏庭に面した縁側から明けはじめた空を見上げ、一林斎はため息をついたものだった。きのうがこの空模様だったなら、浅野内匠頭は瘧《おこり》を発症させなかっただろう。佳奈も恨めしげに見上げた。袖ケ浦に沿った街道を、潮風を受けながら引き返したときも、すがすがしさよりも、逆に一日遅れて出た太陽に、昨夜使わなかった飛苦無を投げつけたい衝動に駆られた。

　道すがら、

「――お嬢の龕燈《がんどう》、投げた間合いがよかったなあ」

「――お嬢があの急使を助けたようなものだ」

　ロクジュとトビタは言ったが、佳奈は飛苦無を打つ間合いをはずし、やむなく龕燈を投げつけたのだ。しかし、〝急使を助けたようなもの〟とのロクジュの言葉は嬉しかった。萱野三平は、確かに〝忘れませぬ……わが恩人〟と言ったのだ。その言葉は、いまも耳に残っている。

　田町のあたりでロクジュとトビタは千駄ケ谷への近道を取り、佳奈が霧生院の冠木門をくぐったのは、朝五ツ（およそ午前八時）ころだった。留左が来て庭掃除をしていた。患者はまだ来ていない。

「――おぉ、佳奈、佳奈。いかがした！」

　と、冴は玄関から飛び出し、佳奈が無事戻ったことを喜ぶと同時に、一人だけで一林斎のいないことに不安を走らせた。

　居間で話を聞き、ようやく安堵の息をついたのだった。

一緒に話を聞いた留左は、

「そ、そんな、命のやりとりだったのですかい。上杉屋敷へ行ったときみてえに、見張りとかそんなんじゃなかったのですかい！」

と、驚愕の態《てい》になり、いまさらながらに佳奈が無事に帰って来たことに、顔をまじまじと見ながら安堵の息をついた。

イダテンの傷は、組みついてから受けたもので、深手ではなかった。縫合するほどでもなく、化膿を防ぐため焼酎で消毒し傷口の背中を胴体ともどもきつく縛り、痛み止めの薬湯の調合とともに、一林斎がしばらくようすを診る必要があった。代脈としてハシリがつき添い、

「あしたにはトビタさんが行って、交替することになっています」

赤坂の長屋にハシリが戻り、上屋敷とのつなぎを確保するとともに、路銀を持って行くためだ。一、二日分ならそれぞれに用意していたが、幾日も静養の必要な者が出るのは予想外のことだった。

千駄ケ谷の棲家《すみか》に戻ったロクジュとトビタは、さっそく事の顚末《てんまつ》を下屋敷のヤクシに話した。

ロクジュとトビタの二人が、東海道を江戸府内に入った田町で佳奈と別れて千駄ケ

谷に戻ったのは、佳奈が神田須田町に着くより半刻（およそ一時間）近くも前だった。小さな千駄ケ谷の町場に入った二人を、

（ん？　あの際物師《きわもの》たち、朝帰りかい）

といった顔つきで、下駄爺《げたじい》の茂平が物陰から見て、

（昨夜は確か、わしの若い仲間らも他所へ……）

出張《でば》ったことを、ふと脳裡に走らせた。軽い気持ちからで、ただそれだけだった。下駄爺は塒《ねぐら》の木賃宿に戻った。朝の早い町場の茶店に、朝めしのお茶漬けを食べに行っていたのだ。ロクジュとトビタが下屋敷の裏門からヤクシを訪ねたのはこのあとのことで、下駄爺がそこに気づくことはなかった。

一林斎が霧生院に帰ってきたのは、それから三日後の午過《ひるす》ぎだった
「もう化膿の心配はないゆえ、あとは交替に来たトビタに任せた。なあに、まだまだ若いイダテンのことだ。あと数日でけろりとして帰って来よう。やつにはちょうどいい骨休みになる」
冴と佳奈に告げた。薬込役なら、薬草にも心得はある。あとは自然に傷口がふさがるのを待つだけだ。

一林斎の言葉に冴も佳奈も安堵し、

「わたし、見舞いに行こうかしら」

佳奈は言っていた。

だが、そう悠長なことは言っていられない、気になる知らせが入った。

その日の夕刻近く、赤坂の長屋に戻っていたハシリが患者をよそおい、霧生院の冠木門をくぐったのだ。急患ではなく待合部屋に入ったから、急を要する事態ではなさそうだ。

順番を待ち、療治部屋に入ったハシリは言った。

「氷室どののからのつなぎです」

その場に、冴も佳奈もいる。

きょうの午《ひる》をいくらかまわった時分だったらしい。伏嗅組の猿橋《さばし》八右衛門が上屋敷に来て、矢島鉄太郎とかなり長い時間話し込んで帰ったというのだ。なにが話し合われたかまではつかめなかったが、鈴ケ森の一件がからんでいることは想像できる。

あの夜、一林斎らは伏嗅組四人の遺体を樹間へ隠すようにかたづけ、街道に飛び散った血潮も土ごと入れ替え、朝になって旅人が通ってもなにも気づかないほどに処理してから、応急処置をしたイダテンをハシリが担ぎ、品川宿へ向かったのだ。

朝になっても四人が戻らぬことに不審を感じた猿橋八右衛門は、物見《ものみ》を出して四人が死体になっていることに驚愕し、人知れず処理していた。その上で、紀州徳川家上屋敷に矢島鉄太郎を訪ねたのだった。

猿橋は言っていた。

「――矢島どの。これはわが方においてすでに決めたこと。上杉家の伏嗅組として、異なる役務を同時に遂行するのは、ちと荷が重うござる。そこをお察しあれ。敵は思いのほか手強いようじゃ」

「――ふむ」

矢島はうなずかざるを得なかった。

浅野家の急使を狙った伏嗅組四人が何者かに殺害され、役務を果たせなかったことは、すでに上杉家から紀州徳川家に知らされている。

しかも街道に痕跡を残さず、死体はその仲間の者が探索に来たとき、すぐ見つけられるように一箇所にまとめられていた。

それがなにを意味するか。

（――いずれ隠密衆の者にて、われらへの挑戦）

猿橋は解釈した。

もとより猿橋が武田透破《すっぱ》のながれを汲む伏嗅組の差配であれば、紀州徳川家には薬込役という、甲賀のながれを汲む隠密衆の存在することは知っている。だが、紀州徳川家の隠密衆が浅野家を助け、上杉家の伏嗅組に挑戦するなど、およそ猿橋の思考の範囲外のことである。

「――浅野家にさような衆がいようとは……それを究《きわ》めるだけでも骨が折れまする。これは、わが上杉家の綱憲《つなのり》公も家老の色部《いろべ》又四郎《またしろう》さまも承知されたことゆえ、矢島どのにもさようにありたい」

すなわち、猿橋は松平頼方こと源六の暗殺から暫時《ざんじ》手を引きたいというより、

(――引きまする)

と、言っているのだ。

猿橋には、最初の一撃が失敗したばかりか、四人の配下を喪《うしな》ったことがよほど衝撃だったようだ。無理もない。成功を信じて疑わなかった策が完敗で、相手の正体すら判らないのだ。

「――したが、猿橋どの。浅野の一件が終われば、総力を例の件に集中していただけましょうなあ。為姫《えいひめ》さまよりお聞きのことと存ずるが、なにぶん当家の家士を使えな

い裏の仕事ゆえ」

と、矢島は引き下がらざるを得ない。

紀州徳川家が上杉家とともに、秘かに吉良家へ肩入れするのは自然のながれだ。その先鋒となるのが、上杉家の伏嗅組となることも自然だ。いかに紀州家の綱教《つなのり》と上杉家の綱憲に為姫の肝煎《きもいり》とあっても、松平頼方こと源六を殺害せよなどといった極秘の役務があとまわしになるのも、

（――やむを得ないか）

矢島鉄太郎は判断した。その根底には、

（――お取潰しになった浅野家の家臣どもに何ができる。激昂《げっこう》しても一時のこと）

との読みがある。

猿橋八右衛門も応えた。

「――心得もうした。その時に至らば、あらためてご当家の意を奉じましょうぞ」

と、猿橋もまた、浅野家臣団の憤懣は一時のものと看做《みな》していた。

伏嗅組差配の猿橋八右衛門は、紀州徳川家第三代綱教の腰物奉行・矢島鉄太郎との談合を終え、赤坂の上屋敷を出た。

その姿も、上屋敷使番中間《つかいばんちゅうげん》の氷室章助は捉えていた。

すぐさま町場の長屋のハシリにつなぎを取った。

そのハシリがいま、霧生院の療治部屋で話している。

「猿橋どのは上屋敷を出ると、なんと千駄ケ谷に向かいやした」

内濠《うちぼり》の桜田御門と千駄ケ谷では、赤坂の上屋敷から正面門を出た最初の一歩から方向が正反対となる。

「赤坂なら近道は知っていまさあ。杣道《そまみち》から畑道を走り、千駄ケ谷に先まわりしやしてロクジュにつなぎを取り、その足でここへ参りやした。アチチチ」

「よし、よくやった。ご苦労」

一林斎はほんとうにハシリの足の三里《さんり》に灸を据えていた。

赤坂の町場を出れば、千駄ケ谷まで人通りのほとんどない杣道や畑道だ。ハシリがもし先まわりせず、猿橋の背後を尾《つ》けていたなら尾行を気づかれ、そこで命のやりとりとなったか、ハシリが怪しいやつとして逆に目をつけられることになったかもしれない。それを防いだことに、一林斎は〝よくやった〟と褒めたのだ。

ハシリのつなぎを受けたロクジュは、町場の茶店で猿橋を待ち受け、下駄爺のいる木賃宿に入るのを確認した。だが猿橋を警戒し、木賃宿に入り込んで壁に耳をあてるなどの危険は控えた。実際、ここでロクジュが功を焦り、木賃宿を探っていたなら即座に気づかれ、やはりその場で命のやりとりか、それともロクジュの棲家《すみか》に伏嗅組の目が光ることになっていただろう。薬込役も伏嗅組も互いに存在は知っていても、その中身までは知らないのだ。用心に越したことはない。

猿橋が下駄爺の茂平を訪ねたのは、千駄ケ谷から引き揚げさせるためだった。配下の四人を瞬時に斃《たお》した相手の正体を確かめないでは、浅野家の動向を探索するのは困難となる。猿橋は浅野家の探索に、伏嗅組の総力を投入する算段だ。

茂平はこのとき、浅野家の江戸藩邸と播州赤穂の国おもてのつなぎを攪乱《かくらん》するために出張った僚輩《りょうはい》が、すべて斃されたことを初めて知った。同時に、ハッとするものがあった。

「猿橋さま」

茂平は真剣な表情で言った。

「思い過ごしかも知れやせんが、若い者が東海道へ出張った日の翌朝でさあ」

町人に扮《ふん》しておれば自然町人言葉になるのは、伏嗅組もロクジュら薬込役とおなじようだ。

「この町場の裏手の小さな百姓家に……」

と、際物《きわもの》商いの者が二人で住みついていることを話した。

「ん？　どんな者どもじゃ」

猿橋は訊いた。

あらためて考えると、行商の者が親子でもないのに一緒に暮らしているのは不自然だ。それに二人とも、いつも荷を背負って商いに出ているわけではない。

「ふーむ。臭《にお》わぬでもないな。よし分かった」

猿橋は即断した。このときもし猿橋が鈴ケ森で四人の配下を瞬時に喪ったことを話していなかったなら、茂平も敢えてロクジュとトビタの朝帰りを猿橋に話すことはなかっただろう。さらに、鈴ケ森での敵が何者か、いかなる些細《ささい》な手掛かりでも得たいという執念に燃えていなかったなら、この場で即断することもなかっただろう。千駄ケ谷からの引き揚げよりも、逆に一人追加することにしたのだ。


翌日、夕刻近くだった。竈燈ではない、古着の大きな風呂敷包みを背負ったロクジュが、霧生院の冠木門をくぐった。庭でこの日最後の患者が帰るのとすれ違った。療治部屋でロクジュは話した。

「きのう、確かに猿橋八右衛門が下駄爺のところに来て、日の入り前に帰りやした。

すると、きょうでさあ。以前から千駄ケ谷の町場の通りに小さな空き家があったのでやすが、そこを下駄爺がきょう手付を払って借りたというじゃありやせんか。木賃宿に泊まっていた下駄の歯入れの爺さんが、そんな金を持っていたとは思えねえ」

「猿橋さまというお方ですね、お金を出したのは」

言ったのは佳奈だった。

「もちろんでさあ。それ以外考えられやせん。伏嗅組が借りたということでさあ。それで近所にちょいと聞き込みを入れてみやした」

と、ロクジュは視線を佳奈からふたたび一林斎に戻し、

「小さな下駄屋をやるってえじゃありやせんか」

「つまり、伏嗅組の潜みですか」

「この一両日に、もう一人か二人、仲間が増えたとすれば」

「おそらく」

冴が言ったのへ一林斎がつなぎ、ロクジュもうなずきを入れた。

もとより猿橋は、ロクジュとトビタを紀州徳川家の薬込役と結びつけたわけではない。それはやはり、猿橋にとってはまだ思考の範囲外のことである。ともかく鈴ケ森の敵の正体をつかむきっかけが欲しいのだ。

下駄屋に若い男が入ったのは、その翌日だった。

「江戸府内で下駄屋に奉公しておりやした、あっしのせがれで平太《へいた》と申しやす」

茂平のせがれが平太とはでき過ぎた名だが、おそらくその場で考えた名だろう。ともかく下駄爺の茂平は〝せがれ〟の平太を連れ、隣近所へ挨拶にまわった。

(なかなか手際がいいなあ)

ロクジュから報告を受けた一林斎は思ったものだった。

トビタがイダテンと一緒に品川宿の旅籠を発ち、江戸府内に戻って来たのは、それより二日後だった。

トビタはイダテンを赤坂の長屋に送り、千駄ケ谷に帰り町場に一歩入ったとき、

(……ん。下駄屋?)

思いながら前を通り過ぎた。奥から下駄爺の茂平と〝せがれ〟の平太が凝《じ》っとトビタを見ていた。だが奥は暗く、往還からは人がいるのも見えなかった。

さいわいというべきかどうか、下駄屋はロクジュの棲家から赤坂や四ツ谷へ出るにはその前を通ることになるが、下屋敷へは見られずに行ける位置にあった。この配置からも、伏嗅組の意図が読み取れる。

二

伏嗅組だけでなく、

「浅野家の皆さま、いまごろは……。それに吉良さまは……」

と、ずっと気になっていた。

佳奈などは、

「わたし、呉服橋御門内のお屋敷へ、お見舞いに行こうかしら」

と、本心から言っていた。呉服橋御門内とは、吉良邸のことだ。

そのような霧生院に、浅野家侍医だった寺井玄渓が訪《おとな》いを入れたのは、月が弥生から卯月《うづき》（四月）に変わってすぐのことだった。玄渓は町の療治処の時間帯をよく心得ており、冠木門をくぐったのは夕刻近くで、療治部屋にも待合部屋にも患者がいなくなってからだった。

さっそく居間に座が設けられ、飲み物や喰い物は向かいの大盛屋に頼んだ。

居間には冴も佳奈もそろっている。

話はやはり、冴と佳奈があの日、大手門の近くで帰らなければならなくなったことからだった。

「あの日、翌日からは太陽が出ました」

「はい。確かに、出ました」

玄渓が苦渋を帯びた表情で言ったのへ、冴もいかにも無念そうにつづけた。

「して、浅野家ご家中の方々はいかに」

一林斎は訊いた。片岡源五右衛門や礒貝十郎左衛門の去就が気になる。

だが、玄渓は言った。

「お関わりにならぬことじゃ。吉良さまご存命とあればなおさらのこと、構えてお関わりにならぬよう」

強い口調だった。玄渓自身は、

「私はもともと京の町医者じゃったゆえ、そのほうに戻りまする」

と、きょうはその暇乞《いとまご》いに来たのだという。

玄渓の口調から、お家断絶で浪人となった面々のあいだには、なにやら不穏な動きのあるのが感じ取れる。

『あの日の夜、最初の急使となられた……』

佳奈は出かかった言葉を呑み込んだ。薬込役として動いたことは、

「――断じて口外ならぬ」

一林斎からも冴からも強く叩き込まれている。

だが、佳奈は訊かずにはおられなかった。

「あの日、ここへわたしたちを呼びに来られたのは、萱野三平さまと申されました。そのお方はいま？」

「それは……」

玄渓は言いかけた言葉を呑み込み、

「すでに散りぢりとなったお方もおられ、萱野どのには寄《よ》る辺《べ》が摂津《せっつ》においでゆえ、ひとまずそこを頼られるかもしれぬ」

応えた。一林斎と冴は、内心はらはらしたものだった。

霧生院で町駕籠を呼び、玄渓が帰ったのは夜も更けてからだった。冠木門まで出て町駕籠の小田原提灯の灯りを見送った佳奈の目には、鈴ケ森で見送った萱野三平の早《はや》打《うち》駕籠の火が重なった。

卯月が皐月《さつき》となり、さらに水無月（六月）となり、

「それはみょうだな」

また腰が痛いといってロクジュが、

「頼方公にはお城に出仕される以外は、下屋敷にて学問と武道に励まれ、お忍びで外出されることもございやせん。加納どのの目が光り、光貞公の薫陶もなかなか厳しいようでして」

ヤクシからのつなぎの内容を話し、

「腑に落ちねえのが、下駄爺の茂平とせがれの平太で。頼方公の駕籠が店の前を通っても、ただ見ているだけで後を尾けようともしやせん。その後、猿橋八右衛門が来たことも、つなぎらしい者が下駄屋に入った形跡もありやせん」

報告する。それでいて茂平と平太は、ロクジュやトビタが商いに出ようとすると決まってどちらかが、

「――へへ、いいお天気で。きょうはどちらへ商いに」

と、店から出てきて声をかけるという。それを一林斎は〝みょう〟と言ったのだ。

ロクジュはつづけた。

「その下駄屋め、どうやら見張っているのはあっしらのようで。実際に行く先を言うと、そこへ下駄の歯入れに来たことも幾度かありやして」

ロクジュとトビタはいま、季節柄蚊帳《かや》を商っており、いまも大きな風呂敷包みを背

負っている。

「ふむ。どうやら鈴ケ森の日、朝帰りのそなたらに気づき、猿橋どのはそこになにか関連はないかと探っているのかもしれぬ。しばらくそなたとトビタは商いに精を出し、伏嗅組に不審を抱《いだ》かせぬようにしろ」

「へい。承知」

「おまえさま」

艾《もぐさ》を薬研で挽きながら冴が声を入れた。佳奈もそこにいる。細かく挽いた粉薬を天《てん》秤《びん》にかけ、分包の作業をしている。

「伏嗅組はいま、赤穂浪人の方々の動向の探索に専念しているのでは。鈴ケ森の一件も、そこに関連がありまするゆえ」

「そのようじゃ。ロクジュよ、その旨《むね》をヤクシに伝え、なれど源六君の警備は怠《おこた》ることなきよう伝えておけ」

「へい。さように」

ロクジュは風呂敷包みを背負い、腰をさすりながら帰った。きょう霧生院へ来るときは、トビタと二人で千駄ヶ谷を出て日本橋のあたりで別れ、あとを追うように出て来た下駄の歯入れの平太が、トビタのほうに尾いたのを確かめてから神田須田町に向かったのだ。二人は、平太の尾行のつかなかった方が、霧生院に向かおうと決めていたのだった。

赤坂からイダテンも来た。もっともイダテンは数日置きにほぼ定期的に来ている。そのたびに、

「——さあ、見せろ」

一林斎はもろ肌を脱がせ、佳奈ものぞき込んでいた。

背中の傷は、すっかりふさがっている。

吉良上野介が浅野内匠頭に額と背中を斬られたことは巷間《こうかん》の噂で知っている。その日のうちに上野介は駕籠で呉服橋御門内の屋敷に帰ったというから、傷はイダテンより浅いはずだ。だが上野介は六十一の年勾配であるため、治りはイダテンより遅いだろう。そこでイダテンの傷跡を診て、上野介のようすを推測していたのだ。

「——よし。これなら大丈夫」

そのつど、一林斎は安堵し、冴もうなずいていた。

だが佳奈は、

「——一度、お見舞いに行くことはできませぬか」

そのたびに言っていた。

しかし、寺井玄渓の言葉がある。

——関わりを持つな
それが、なにやらを意図している赤穂浪人のためでもある、との意味が込められている……と、一林斎は解している。

それに、おいそれと行ける雰囲気ではなかった。

留左が足繁《あししげ》く巷間の噂を霧生院に運んでいる。

「きょうかあすかって、巷《ちまた》の者は待っていまさあ。浅野さまは切腹でお家断絶、吉良さまにゃお構いなしたあ酷《ひど》すぎるってよう。お、お、俺が言ってんじゃねえ。巷がよう。いってえ、どうすりゃいいんでえ」

「待っているって、まさか……」

「そう。そのまさかでさあ」

佳奈が問いを入れたのへ留左は声を落とし、

「片岡さまや礒貝さまらが大勢で、ご政道の片落ちを糺《ただ》すって。それで吉良さまをよ。あぁ、なんでこんなことになっちまったんだよう」

留左は困惑の顔で言う。そのたびに、

（もしや、そのなかに萱野さまも……。吉良さまを……あぁぁ）

念頭に駈け巡るのを、佳奈は口にするのが恐ろしかった。

「こたびの件では、吉良さまが一番の犠牲者かもしれぬ」

「はい」

一林斎がぽつりと言ったのへ、冴は小さくうなずきを入れた。

居間での夕餉の座にまた留左が、

「もう、どいつもこいつも、しびれを切らしておりまさあ。赤穂浪士が呉服橋御門の吉良邸に打ち込むのはいつでえって。まるで吉良さま一人が悪者にされちまってよう。なぜですかい。そう簡単に吉良さまが討たれてたまるかい」

と、町の噂を持って来たのは、葉月《はづき》（八月）に入ってからだった。

「一度、呉服橋へ見舞いに行ってみるか」

「えっ、父上。ほんとうですか。わたしも」

佳奈は勇み立った。

だが、見舞いといっても慎重に運ばねばならない。一林斎はその場で文《ふみ》を認《したた》め、

「留、あしたでいい。これを呉服橋に届けてくれ」

「へいっ」

吉良家の家老、左右田《そうだ》孫兵衛に宛てた文で、上野介の都合を問い合わせたのだ。翌

日、留左は朝早く城門が開くと同時に神田橋御門から入り、吉良邸に届けた。

左右田はその場で返事は書かなかったが、午過ぎに供の中間をともない、直接霧生院を訪《おとな》った。これには一林斎も恐縮し、

「これは左右田どの。ささ、中へ」

と、療治部屋を冴と佳奈に任せ、中間を縁側に待たせて居間へ招じ入れた。

そこで左右田が、

「わが殿はいたく懐かしがられ、是非に会いたいものよと仰せられたが……」

と、そのつぎの言葉に一林斎は愕然とした。

「呉服橋御門内の役宅は柳営《りゆうえい》（幕府）に召し上げられることになり、替地に本所二《ほんじよふた》ツ目《め》の空き家になっている屋敷を与えられましてなあ」

一林斎は、驚きの声を堪《こら》えた。呉服橋御門は、外濠ではあっても城内だ。それが外へ出され、しかも替屋敷は川向こうの本所である。

『討入ってもよいぞ』

赤穂浪人らに、柳営が言っているようなものだ。内匠頭への切腹といい、この豹《ひよう》変《へん》といい〝生類憐みの令〟といい、綱吉将軍の底の浅い政道に腹が立つ。

だが左右田はそこには触れず、これより暫時、吉良家主従ともども白金《しろかね》の上杉家下

屋敷に移るという。見舞いを受けるどころではない。

「そうさのう。本所の屋敷はずいぶん傷《いた》んでおり、修繕に月日もかかろうゆえ、年内に引っ越しが叶《かな》うかどうか分かりもうさぬ」

と、上野介は霧生院の〝家族〟を懐かしんでいるが、本所に落ち着いてから招待したいというのである。

一林斎は承知した。

左右田孫兵衛が帰ったあと、一林斎が冴と佳奈にそれを話すと、

「そんな！」

佳奈は思わず憤慨の声を上げた。だが、その心は揺れている。

（あまりにも吉良さまがお可哀相）

思うと同時に、

（片岡さまや礒貝さまの一分が立つなら……）

と、思いもする。ましてその血盟のなかに萱野三平がいるとするなら、しがらみ抜きで〝武士の一分〟が成就《じょうじゅ》するのを願いたくもなる。

（だけど……）

佳奈は自分で自分の気持ちが分からなくなる。

揺れた元禄十四年が冬場に入った一日だった。珍しく午《ひる》にはまだ間のある時分に患者が絶えた。

「へへん、こんな日もたまにはあるんでやすねえ」

と、留左が縁側で日向《ひなた》ぼっこをしながら薬研を挽き、療治部屋では障子を開けたま、佳奈は漢籍に向かい、冴は粉薬を天秤にかけていた。

いきなり庭から、

「おう、留。感心、感心。似合っているぜ、その姿よう」

「おっ、足曳《あしび》きの。どうしたい、また足でも引きつったかい。それにしちゃあ、まともに歩いているじゃねえか」

岡っ引の足曳きの藤次《とうじ》だった。足にこむら返りを頻発させていたのが、一林斎の鍼療治で、いまではほとんど発症しなくなっている。

留左は足曳きの藤次に悪態をつくとすぐ、

「おっ、これは旦那もご一緒で」

と、言葉をあらためた。隠密廻り同心の杉岡兵庫《すぎおかひょうご》だ。

「おぉう、これは久しいですなあ」

留左の声を聞き、一林斎も縁側に出た。奉行所の同心が来ても、戸惑うところはない。憐み粉はとっくに見破られているが、杉岡も藤次も咎《とが》めるどころか、

「――そっとばれねえように、町の者を救ってやっておくんなせえ」

と、二人とも言っている。鈴ケ森などの、薬込役の仕事はまったく気づかれていないはずだ。

杉岡はこの日、いま巷間の話題をさらっている件で来たのだ。それも、霧生院が浅野家とも吉良家とも縁のあったことを知ってのうえである。この日の杉岡は変装姿ではなく、雪駄を履き着ながしご免に黒羽織を着け、朱房の十手《じって》をふところからちらとのぞかせ、どこから見ても粋な同心と判るいで立ちだ。

話がありそうに、杉岡は縁側に腰を下ろして中のほうへ上体をねじった。藤次は庭に立っている。杉岡の前ではやはり遠慮があるのだろう。

「お立場、お察ししますよ」

「まったく、そのとおりです」

口先だけではない。心底《しんそこ》から言う杉岡に一林斎は返し、

「で、きょうはわざわざ藤次さんをともなって来なさったのは？」

と、やはり気になる。一林斎も縁側に胡坐《あぐら》を組み、聞く姿勢を取った。

「いや。大したことではありませんが、こちらには吉良さまや浅野さまとつながりのある方々が、出入りなさっておいでではないかと思いましてな」

「旦那。それを調べてどうなさるんですかい。あの人らの消息なら、こっちが訊きてえくらいですぜ」

「やい、留。おめえに訊いてんじゃねえぜ。つべこべぬかしやがると、柳原の野博打《のばくち》で引っ立てるぞ。お目こぼししてやっていることを忘れるねえ」

「なにいっ」

　また藤次と留左のやりとりが始まりそうになったのへ、

「まあまあ二人とも、よしなさい。あなたたち、顔を合わせるたびにいがみ合って」

「へへ。いがみ合っているわけじゃねえんですがね」

「こいつが、気に入らねえことをぬかしやがるもんで」

　冴が言いながら縁側に出てきて端座の姿勢を取ったのへ、藤次と留左は恐縮したようにおとなしくなった。

「留左の言ったとおり、気になっているのだが、吉良さまをはじめ、浅野家のお方らもまったくお見えにならん。奉行所ではそれを、探索されておいでなのか」

「まあ、探索というほどのものじゃなく、お奉行から一応把握はしておけとの下知《げじ》がありましてね」

「まさか、捕まえろというのでは」

「滅相もありません。浪人となっても、なにも悪事をしておられぬお人らに、どうして十手など向けられましょう」

「だったら旦那。なんでわざわざ足曳きなんぞを連れてここへ来なさるんで」

一林斎と杉岡の会話に、また留左が割って入った。

冴がまたたしなめようとしたのへ、

「ならば杉岡さま、浅野家の方々の消息をご存じなのですか」

療治部屋で漢籍を開いたまま聞き耳を立てていた佳奈が、顔だけ杉岡に向けた。萱野三平の消息を知りたかったのだ。

「これは佳奈お嬢さん」

と、杉岡は奥のほうへ顔を向け、

「一人ひとり把握しているわけではないのだが」

言うとまた一林斎に視線をなおし、声を落とした。

「ただ把握しておけとだけのお達しで。一林斎先生も、くれぐれもどちらか一方に加担などなされぬよう。ただそれを言いたくて来ただけです」

それが柳営の方針のようだ。

「ま、そういうことだ。分かったか、留。柳原土手での開帳、あまり派手にやるんじゃねえぞ」

「てやんでえ、関わりのねえことを持ちだすねえ」

また藤次と留左のやりとりが始まりかけたのへ、

「藤次、行くぞ」

杉岡は腰を上げながら、藤次をうながした。

佳奈は療治部屋の奥で腰を浮かしかけたが、

（あ、ちょっとお待ちを）

「うおっほん」

一林斎が咳払いをして止めた。

やはり佳奈は、萱野三平の消息を知る手掛かりが欲しいのだ。その後、萱野からなんの便りもない。手掛かりといえば、寺井玄渓が〝寄る辺が摂津に〟と言ったことだけだ。これでは找《さが》しようがない。

佳奈には酷《こく》だが、一林斎と冴は、佳奈がそこに心を悩ませていることへ、安堵を覚えていた。そのあいだは、源六のことが脳裡の隅に寄せられているからだ。実際、内匠頭の刃傷以来、松平頼方の名も源六の名も、佳奈の口から出ることはなかった。

それに、千駄ケ谷の下駄爺と若い平太の目はロクジュとトビタに向けられ、下屋敷に関心を注ぐ気配はなく、

（ふむ。伏嗅組は、赤穂浪士の探索に専念しておるな）

と、一林斎たちにとってホッと息抜きのできるところとなっていた。ロクジュもトビタも、下駄爺の茂平と平太に〝ただの際物師ではないぞ〟などと勘づかれるようなへまはしていない。

三

吉良家から新居の披露も兼ね、〝お越しいただきたい〟と鄭重《ていちょう》な文が届けられたのは、元禄十四年も極月《ごくげつ》（十二月）のなかばになってからだった。

「参りましょう。本所なら大川の両国橋を渡ればすぐです」

はしゃぐように佳奈は言った。さいわいこの冬は風邪の流行もなく、霧生院が療治に忙殺されることなく、時間の工面はできた。

午過ぎ、冠木門の門扉を閉じ、留左を留守居に三人そろって出かけたのは、暮れも

差し迫ったころだった。高家のお役が御免となり隠居の身となっても、年が改まれば吉良家ではなにかと新年の行事に忙しかろうとの配慮からだった。

冴も同行したのは、吉良家の家督を継いだ義周《よしちか》に会ってみたいという、複雑な好奇心からだった。

義周は源六と佳奈の腹違いの姉で上杉家の正室になった為姫の子であり、上杉家から養嗣子《ようしし》として吉良家に入ったのだ。佳奈とおなじ今年十六歳だが、佳奈からは甥《おい》っ子となる。もとよりこのような血脈を知るのは、一林斎と冴、それに千駄ケ谷の下屋敷にいる光貞のみである。

さらにまた、上杉家当主の綱憲《つなのり》は上野介と正室富子《とみこ》の実子であり、吉良家から上杉家に養嗣子として入ったのであり、上野介は上杉家から自分の孫を養嗣子として迎えたことになる。富子はまた、上杉家の姫であった。

本所の替屋敷で上野介は、

「おうおう、ご内儀まで。ようお越しじゃ、ようお越しじゃ」

と、目を細めて霧生院の〝家族〟を歓待した。部屋には上野介と正室富子と孫で養子の義周、それに家老の左右田孫兵衛がそろっている。

この日ばかりは、一林斎は軽衫に筒袖ではなく羽織・袴のいで立ちで、冴と佳奈は裕福な商家の内儀と娘のような着物姿である。あの日、萱野三平が急いで霧生院に持って来た腰元の着物と帯がそのまま残っているが、まさか吉良邸へ行くのにそれを着るわけにはいかない。

「おお、美しいお人じゃ」

と、義周はおなじ年行《としゆ》きとはいえ自分の叔母にあたる佳奈の美しさに、ぽっと顔を赤らめていた。源六とおなじ血脈とはいえ、吉良家に入ればそうなるのか、長袖《ちょうしゅう》(公家)のような面立ちだった。

一林斎は、

『上野介さまにはご機嫌うるわしゅう』

などと、ありきたりの挨拶などできない。それに、額の傷跡がいたいたしい。まだ十月《とつき》にも満たないのに、二年も三年も老けたように見える。開口一番、

「胃ノ腑は痛みませぬか」

「おうおう、ありがたいぞ、そなたの言葉」

一林斎が言ったのへ上野介は返し、富子も一林斎のことは聞いているのか、

「殿がそなたにずいぶんとお世話になった由。わたくしからも礼を言いますぞ」

笑顔で言った。増上寺で、気を使う忙しさから胃ノ腑を痛めた上野介を、一林斎が

佳奈を代脈に療治したのは、上野介遭難の八日前だった。そのことも、富子は聞かされているようだった。

　話は終始、上野介と富子の健康が話題となり、薬湯の種類や食べ物の注意など、一刻（およそ二時間）ばかりも経たろうか。最後に上野介は、

「今年はなにかと慌ただしかったが、来年の暮れには落ち着いていようゆえ、ここで是非とも年忘れの茶会などをしたい。そのときにはまた知らせるゆえ、冴どのも佳奈どのも、是非お越しくだされ」

「参ります。来年のいまごろでございますね。いまから楽しみにしております」

　すかさず佳奈が応えたのへ、

「おうおう。やはり利発な娘御じゃ」

　目を細め、義周も期待するように〝叔母〟の佳奈を見つめていた。

　帰りには、冴には鼈甲《べっこう》の櫛が、佳奈には紅い珊瑚《さんご》の簪《かんざし》が土産に用意されていた。

「来年には、これを挿してきてくだされ」

　と、恐縮する冴と佳奈に、富子が直接渡した。

　正面門まで、左右田孫兵衛が見送り、

「殿がきょうほどくつろいだ笑顔を見せられたのは、あの日の遭難以来、初めてのこ

とじゃ」

真顔で言っていた。

正面門には、町駕籠が三挺用意されていた。

揺れる駕籠の中で、

(吉良さま、来年の年忘れの茶会には、忘れず呼んでくださりませ)

佳奈は心底から念じた。一林斎も冴も、それは同様だった。

しかし、一月《ひとつき》も経ないうちに、それと正反対のことを、これもまた心底から思わなければならない知らせが、霧生院にもたらされた。

年が明けて元禄十五年(一七〇二)を迎え、睦月《むつき》(一月)の末近くになってからだった。佳奈は十七歳となっている。

陽が西の空にかたむき、霧生院に患者のいなくなった時分だ。玄関に訪《おとな》いを入れたのは、聞き覚えのある声だった。ちょうど佳奈が療治部屋と待合部屋の掃除を終え、台所に移ろうとしていたところだった。

「あっ、あの声!」

玄関にすり足をつくり、

「玄渓さま！」

佳奈の声が居間にも台所にも聞こえ、一林斎と冴も玄関に出てきた。

「突然の訪問で申しわけございませぬ。江戸にちょいと所用ができましてな。それで立ち寄らせていただいたまで」

「ささ、まずは居間へ」

一林斎は玄渓を奥へ招じ入れた。

玄渓は霧生院の家族が三人とも息災《そくさい》なのを喜び、京にもかなりの赤穂浪人が住まいしていることなどを話した。このころ、城代家老であった大石内蔵助《おおいしくらのすけ》が京地の山科《やましな》に隠宅を結んでいたが、玄渓はそれらの名をいちいち挙げることはなかった。だが、浪人らと交わりのあることは話した。江戸へ出て来たのも、それと関わりのあることのようだった。一林斎と冴は敢えてそこは訊かなかった。

だが、佳奈は訊いた。萱野三平の消息だ。京と摂津は近い。交わりがあるのなら、知らないはずはない。玄渓は極度に困惑の表情になり、

「その前に、片岡どのや礒貝どのとは、その後いかがでございましょう。体調を崩したりして、ここへはおいでになっていませんかな」

「心配しているのですが、一向にお見えになりませぬ」

「それはようございました。私が江戸を離れるおり、片岡どのと礒貝どのへさように申しておきましたゆえ」

冴が応えたのへ玄渓は言った。その言葉は、赤穂藩が断絶し玄渓が江戸を離れるとき、すでに片岡や礒貝らにある存念のあったことを示している。同時に、玄渓の霧生院への厚情でもあった。玄渓は霧生院が吉良家とも交わりのあることを知っており、口には出さないが松ノ廊下の一件は、上野介のほうが犠牲者であることも心得ている。それは一林斎もおなじである。ならば、一林斎が赤穂浪人の存念を知ったなら、

(苦悩するは必定《ひつじょう》)

玄渓はそこを憂慮したのだ。

しかし、萱野三平の消息を伝えるには、その壁を乗り越えねばならない。十七歳になった佳奈の娘心に、玄渓が気づかぬはずはない。

(なおさら、告げておかねばならぬ)

思えばこそ、片岡源五右衛門や礒貝十郎左衛門がその後、霧生院に来ていないことを確かめたのだ。

「萱野三平どのはなあ、佳奈どの」

「はい」

玄渓が重そうに口を開いたのへ、佳奈はかすかな不安を感じ、玄渓の表情を凝視した。その視線のなかに、玄渓は言った。

「腹を召された」

「ええぇ!?　い、いま、なんと言われましたか、玄渓さま」

わが耳が信じられず、佳奈は問い返した。一林斎も冴も、これには天地がひっくり返るほどの驚きを禁じ得なかった。

話した以上、理由《わけ》を語らないわけにはいかない。

「聞いたあと、お悩みにならず、ここだけの話にしてくだされ」

玄渓は一林斎から冴、佳奈と順に念を入れるように目を合わせ、語りはじめた。

「赤穂藩には城代家老であった大石内蔵助どのや京都留守居役の小野寺十内《おのでらじゅうない》、江戸留守居役の堀部弥兵衛なるお方らがおわしましてな。そのお方らを中心にある存念がございます。いかなる存念かは、お訊きくださるな」

「ふむ」

一林斎は返し、冴も無言のうなずきを入れた。

「片岡どのも礒貝どのも、それに萱野どのも、その血盟の一員でございました」

萱野三平の実家は摂州《せっしゅう》萱野郷の郷士で、急使として赤穂に入り、城明け渡しのあと実家に身を寄せ、大石からの下知を待っていた。だが実家には両親も兄もいる。両親と兄は三平に他家への仕官を勧め、三平は断ったが理由を話せば秘かな血盟がおもてになる。

「話せなかったのです」

玄渓は大きく息を吸い、吐きながら言った。

固辞する理由の分からないまま、両親と兄は三平の仕官を決めてしまった。両親や

兄にすれば、三平のためよかれとしたことだった。忠と孝のはざまに進退きわまった

三平は、

「内匠頭さまの命日に合わせ、今月十四日に大石どのに文を認《したた》め、自刃《じじん》なされました

のじゃ」

「酷《むご》い!!」

涙をこらえていた佳奈は泣き伏した。一林斎と冴にも衝撃である。萱野三平が浪人

になったのなら、

(霧生院家の婿《むこ》養子に迎えたいが)

一林斎も冴も、思わぬではなかったのだ。

この日、

「言わずもがなのことを、言うてしまいました。お許しあれ」

と、玄渓が帰り、夜が更けても佳奈の部屋から、しゃくりあげるような泣き声が聞こえていた。

このようなとき、慰めの言葉のないことは一林斎も冴も分かっている。

翌朝、井戸端で冴は佳奈に言った。

「供養のためにも萱野さまのご遺志を、片岡さまや礒貝さまらが成就されることを願う以外、ありませぬなあ」

「はい」

佳奈は小さく返した。遺志の成就……綱吉将軍のご政道を糺すため、一月《ひとつき》ほど前に長寿を願った、吉良さまの御首《みしるし》を頂戴《ちょうだい》することにほかならない。

四

一林斎と冴は気を遣った。浅野家のこと、吉良家のことを話題にしないように努《つと》めた。留左にも、

「しばらく、町の噂は持ち込むな」

「なぜですかい」

首をかしげるのへ、

「どうしてもだ」

一林斎は応えた。留左は、霧生院がかつて浅野家とも吉良家ともつながりのあった微妙な立場だからと解したようだ。当たってはいないが、外れてもいない。

実際、内匠頭の一周忌になる弥生（三月）十四日の夜は眠れなかった。赤穂浪人が本所の吉良邸へ討入るには格好の日である。

翌十五日の朝早く、本所に異変はなかったか、一林斎は留左を川向こうに走らせた。

「へへん。巷《ちまた》で噂の討入りですかい」

と、勇んで出かけた。

「吉良さまの屋敷まで行きやしたがね、なあんにもありゃしねえ。裏門から魚屋が出てきただけでさあ」

と、なかば安心したように、なかばつまらなそうに帰ってきた。

一林斎と冴は内心、ホッとするものを覚えた。考えてみれば、吉良方が最も警戒しているであろう日に打ち込むなど、策としてはあり得ないことだ。

だが、

（必ずある）

一林斎も冴も、さらに佳奈も、口にはしないが確信していた。萱野三平の死から、（かくも強い血盟であるのなら……）

である。萱野三平の死と、討たれるかもしれない上野介を思えば、赤穂方総帥の大石内蔵助なる人物が、一林斎と冴には恨めしくも思えてくる。

その日の午《ひる》近くだった。気になる知らせがあった。イダテンが来たのだ。急患をよそおったものではなかったが、待つほどもなく療治部屋に入り、佳奈が場をはずしたすきにイダテンが言った言葉は、一林斎も冴も動顛《どうてん》するほどのものだった。

「ばれやした」

言ったのだ。

「なにが」

「組頭と冴さまと、それに佳奈お嬢が、江戸にいることを、頼方公にです」

「なんだって！」

佳奈は薬草を届けに外へ出たのではない。裏庭の井戸へ水を汲みに行っただけだ。すぐに戻ってくる。

詳しく聞かねばならない。だが、佳奈がいかに薬込役の役務を解し、実戦まで経験したとはいえ、こと源六に関してはおいそれと耳に入れられない。

「向かいのめし屋へ」

「へい」

一林斎とイダテンは縁側から庭に下り、向かいの大盛屋に入った。

隅のほうに座を取り、イダテンは話した。

経緯《いきさつ》はこうだった。去年の暮れ、霧生院の家族が本所の吉良邸を訪れたことが、上杉家の綱憲《つなのり》を通じて為姫から紀州徳川家の綱教《つなのり》に伝わり、それが頼方こと源六の耳に入ったようだ。

一林斎にしては、迂闊《うかつ》だった。確かに紀州徳川家当主の綱教は、頼方こと源六の命を狙っている。だがそれはおもてにはできない、裏の仕事である。頼方も一度赤坂の上屋敷へ挨拶に行けば、あとはまったく訪れないというわけではない。表面をつくろうため、顔を合わせれば話もしよう。また、紀州徳川家の奥御殿でも上杉家の奥座敷でも、

「——おいたわしや」

と、いま苦境に立たされている上野介の境遇が話題になるのは、自然なことだ。だ

から上杉家は、伏嗅組を赤穂浪人探索に向けたのだ。そうしたなかに一服の清涼剤として、鍼師一家の吉良邸訪問に上野介が久しぶりに頬《ほお》をゆるめたことが話題になっても、なんら不思議はない。

その鍼師が、上野介の勧めで綱教も療治を受けたことがある人物だった。娘である美貌の薬籠持を連れていた。聞いたとき、

（——まさか）

頼方こと源六には、閃《ひらめ》くものがあった。互いに境遇が変わってから十一年が経つ。佳奈は娘の盛りになっていよう。

頼方こと源六は、下屋敷で光貞を問い詰めた。

光貞は折れ、

「——あの者らはいま、遠国潜みとしてこの江戸におる」

明かした。

「それがきょうのことで、小泉どのがヤクシを通じて急ぎ上屋敷の氷室どのへ、そこからあっしの長屋へ」

その連絡網にロクジュとトビタは動いておらず、下駄爺の目には触れていない。

「伊太」

一林斎は言った。イダテンはいま、股引《ももひき》に半纏《はんてん》を三尺帯で決めた職人姿だ。

「へい」

「これから千駄ケ谷へ行くぞ。おまえも一緒だ。療治部屋へ戻って、苦無と憐み粉を持って来てくれ。冴と佳奈には、儂《わし》が紀州家の下屋敷へ行くとはっきり伝えるのだ。

佳奈にはもう小細工などできぬからなあ」

一林斎は困惑の色を顔に滲《にじ》ませた。

「がってん」

イダテンは座を立った。

療治部屋では、大工の患者の首筋に冴が鍼を打っていた。

イダテンは縁側から直接、

「ご免なさいよ。先生の用事でちょいと持って行くものが」

と、療治部屋に入った。

療治部屋に戻り、薬湯を調合していた佳奈が、

「あれ、伊太さん。さっき途中で抜け出したりして。どこへ、父上も？」

「へえ、さようで。ちょいと先生の苦無を出してくだせえ。それに犬除けも」

すぐには行き先を言わなかった。佳奈に気を遣ったのではない。冴はいま鍼を打っ

ている。そこへ〝下屋敷へ〟などと言えば、驚きのあまり手許が狂い、

『痛《いて》っ』

と、大工が悲鳴を上げるのを避けるためだ。

「伊太さん、一林斎が苦無を持ってどこへ？」

冴は鍼を抜いた。

「千駄ケ谷でさあ。大至急」

「えっ」

案の定だった。冴の身が一瞬硬直した。鍼を抜いたあとでよかった。刺したまま
で、鍼の先が折れたりすればコトだ。

「まあ、千駄ケ谷へ？　わたしも行きたい」

言ったのは佳奈だった。

「なにを言っているんですか。さあ、早く父上の苦無とあの粉薬を」

冴は叱《しか》るように言い、

「さすが一林斎先生だ。あちこちから声がかかるんでござんすねえ」

と、大工が待合部屋に戻ると、冴は低声で、

「薬込役には、こうした不意の用もあるのです」

佳奈はうなずき、イダテンに長尺《ながしゃく》の苦無と憐み粉を入れた薬籠を渡した。

「つぎの方、どうぞ」

冴の声を背に、イダテンは縁側から庭に下りた。その声が上ずっているように聞こえた。実際、冴の心ノ臓は高鳴っていた。霧生院の〝家族〟が崩れるかもしれない。

(おまえさま！)

心中に叫んでいた。

五

神田須田町から千駄ケ谷の下屋敷へは、外濠の神田橋御門を入り、赤坂御門を抜け紀州家上屋敷の脇を経るのが最も近道になる。だがそこを避け、赤坂御門の北側に位置する四ツ谷《よつや》御門にまわり、そこから千駄ケ谷に向かった。赤坂御門には門外に上屋敷が広がるだけでなく、門内に中屋敷もあるのだ。顔を知った者に出会う危険は、佳奈だけではない。

薬籠をイダテンが抱えている。二人の足は速い。往来の者にはいずれかに急病人が出て、それを職人が医者を呼びに行って急かしているように見える。

その二人の足だから、四ツ谷方面から千駄ケ谷の小さな町場に入ったのは、陽は西の空に入っていたがまだ高い時分だった。

下駄屋の前を、二人は間をおいて通った。下駄の修繕をしている茂平の影がちらと見えた。別段、通りを気にしているようすはない。若いほうの平太は、行商に出たロクジュとトビタを尾け、いずれかへ出払っているのだろう。ロクジュとトビタは鈴ケ森以来、まったくの際物行商人に徹している。

下屋敷の裏門に訪《おとな》いを入れると、すぐにヤクシと小泉忠介が出てきた。

「さすが組頭、動きが早うございますなあ」

と、すぐさま裏庭へ案内し、イダテンはヤクシの中間部屋に入った。

裏庭で光貞の出て来るのを待つあいだ、

「小泉、おぬしのことだ。上屋敷と通じている者はとっくに目串を刺していよう。きょうの件、大丈夫か」

「抜かりありません。奥御殿から遣《つか》わされた腰元が一人おりました。手を出すなということなので、泳がせております。きょうはそやつ、朝から頼方公が光貞公に詰め寄ったものですから、危ないと思いヤクシの代わりに憐み粉を持たせ上屋敷のほうへ。数日は戻って来ないはずです」

「ふむ。さすがじゃ」

話しているうちに、

「おぉ、一林斎。やはりのう。もう来たか」

いいながら光貞が奥から裏庭に面した縁側に出てきた。

一林斎は片膝を地につけ、上体を前にかたむけた。薬込役が藩主から下知を受けるときの作法だ。

「おう、おう。それはもうよい。わしはもう隠居の身ゆえなあ」

言いながら光貞は縁側に中腰になり、

「それよりも、すまぬ。頼方に言うてしもうた」

「いいえ、大殿《おおとの》。頼方公は奥御殿にて組頭の消息を、いえ、町の鍼医者の話をお聞きになり、それを大殿に訊かれただけのこと」

小泉も片膝を地につけ、光貞の心の負担を軽減するように言った。

「それはともかくじゃ、どうしたものかのう。頼方め、きょうはもう朝から一林斎はどこにおる、佳奈もいるはずじゃと、うるそうてかなわぬのじゃ」

困惑した表情で話す光貞に、一林斎はつつと歩み寄って顔を近づけ、

「その儀にございます」

低声で言った。小泉も数歩まえにすり足で進み、聞く姿勢を取った。

「あくまで和歌山城下でのときと同様に……」

「霧生院の娘に……か」

「はい。それ以外に佳奈姫を〝敵〟の目から隠しておく手段《てだて》はありませぬ」

光貞に長子の綱教を〝敵〟とは言いにくい。だが一林斎はきっぱりと言った。

――佳奈を断固護れ
光貞は薬込役大番頭の児島竜大夫と、江戸潜み組頭の一林斎に慥《しか》と命じている。隠居してからも薬込役の差配を綱教に譲らず、みずからが掌握しているのはそのためと言ってもよい。

「よし、分かった。わしもさようにふるまおうぞ。頼方はのう……」

まだ光貞はなにかを言いかけたが一林斎は、

「御意」

返し、

「小泉」

「はっ」

首をうしろにまわし、小泉に命じた。

「江戸潜みの者すべてにこのこと、あらためて徹底せよ」

「承知」

小泉が返したときだった。縁側の奥に慌ただしい足音が立った。

「これ、殿。まだ漢籍の朗読は終わっておりませぬぞ」

葛野《かずらの》藩家老の加納久通があとを追いかけてきた。頼方こと源六だ。裏庭の気配を察し、書見台の漢籍を閉じ大股で縁側に出てきたのだ。すでに十九歳で大柄な偉丈夫に成長している。他の兄や姉たちはいずれも母方の血脈を受け継ぎ、光貞の血を継いだのは源六一人のようだ。

「おぉぉぉぉ、一林斎。おぉ、確かに一林斎じゃ」

「源六君！」

身を起こした一林斎の両手を、頼方こと源六は縁側から中腰になって握り締め、

「そうじゃ、わしは源六じゃ。うむむ、吉良どのの屋敷へ見舞いに行ったというは、やはりそなただったか」

「それよりも、源六君。大きゅうなられましたなあ」

「ならいでか。あれから十一年じゃ、あははは。したが、けしからんぞ、けしからんぞ、一林斎。冴も佳奈も息災じゃろ。一緒に吉良邸に行ったというではないか。さ

あ、どこじゃ。どこに来ておる、早う会わせろ。大きゅうなったろうなあ、佳奈も」

「源六君」

一林斎は、手を握ったまま一方的に喋る源六の手を握り返し、

「それにつきましては」

「ふむ、上がれ。なにか仔細がありそうじゃのう」

言う源六に光貞はうなずき、

「さあ」

一林斎をうながすように腰を上げた。

源六は一林斎の手を引っぱった。

二人は縁側に立った。今年四十七歳の一林斎より、十九歳の源六のほうが縦にも横にも大きくなっている。二人は奥の部屋に入った。

「これでよい」

縁側に残った光貞は、庭にいる小泉忠介と縁側に出てきていた加納久通にうなずきを見せた。

二人は奥の部屋で対座していた。

薬込役の江戸潜みについて、一林斎は多くを語る必要はなかった。存在は源六も知

っている。ただそれの組頭が一林斎だとは気づかなかっただけだ。

「礼を言うぞ、一林斎」

源六は言った。安宮照子の時代から、上屋敷奥御殿の面々に狙われていることは承知し、用心もしている。

話の中心は、やはり喫緊《きっきん》の浅野家と吉良家への関わりだった。一林斎が内匠頭も上野介も療治していたことに、

「さすがよのう、紀州家の薬込役は」

と、源六は感嘆の声を上げ、内匠頭刃傷の原因には、

「さようなことが！」

と、驚きの声を上げた。痞《おこり》は浅野家も寺井玄渓も外にはひた隠しに隠し、刃傷の原因には柳営の誰しもがいまなお首をかしげているのだ。

さらに源六は、

「ならば、吉良どのの推挙で、綱教どのに鍼療治をした一林斎とは、実は紀州家の薬込役であったなど、伏しておかねばなるまいなあ」

「むろん」

源六の言ったのへ一林斎は応え、心ノ臓が瞬時高鳴るのを覚えた。あのとき、一林

斎は必殺の埋め鍼を、綱教の体内に打ち込んだのだ。

話はそこを過ぎ、源六はさらに言った。

「吉良家の養嗣子の義周《よしちか》どのはわが甥《おい》なれど、将軍家の裁定よ。浅野家に酷《ひど》すぎる。だからわしは、浅野の家臣どもがどういうかたちで将軍家に片落ち裁定を思い知らせるか、是非にも見たいと思うてな。あと一年、江戸に留まることにしたのじゃ」

「えっ」

一林斎は秘かに驚きの声を洩らした。さきほど光貞が言いかけたのはこれだった。あと一年、源六が江戸に留まれば、それだけ源六と佳奈が出会う可能性は増すことになる。二人が前触れもなく江戸のいずれかで出会えば、二人にとってその衝撃は大きい。光貞が思い切って、一林斎が江戸にいることを源六に明かした要因はそこにあった。一林斎は、二人の衝撃をやわらげようとした光貞の思いを解した。

源六は話題を変えるように言った。

「さあ、行こうぞ。いまからじゃ」

浅野家と吉良家の話をしながらも、気は急いていたのだ。

「神田須田町だな。場所は分かるぞ。柳原土手の近くではないか」

言ったときには、すでに立ち上がっていた。その思いは、もう誰にも止められない。千駄ケ谷に一軒ある駕籠屋に中間が走り、どうにか二挺調達してきた。

駕籠の垂《たれ》を下ろし、近道の赤坂を経た。イダテンが先導するように前を走り、加納久通と小泉忠介が駕籠のうしろに随《したが》った。豪華な警備陣だが、頼方こと源六が佳奈と会うのに、他の藩士をつき添わせるわけにはいかない。

ロクジュとトビタにはこのあと、ヤクシが事態を知らせるだろう。

赤坂御門を入るときも神田橋御門を出るときも、六尺棒に誰何《すいか》された。すぐさま加納と小泉が駈け寄れば、門番たちは驚き一歩飛び下がった。

一林斎が駕籠に乗ったのは、赤坂で顔を知った紀州藩士と出会うのを警戒してのことだった。

(それにしても)

揺れる駕籠の中で、吉良邸への見舞いがこの事態を招こうとは、一林斎には想像もしなかったことだと思った。

六

陽は西の空にかなりかたむいている。

神田橋御門を出ると、イダテンは足を速め駕籠にわずかだが差をつけた。不意の事態に対する、せめてもの一林斎の配慮だ。

憐み粉の入った薬籠と長尺の苦無を佳奈から受け取るとき、イダテンは行く先を告げた。千駄ケ谷だ。冴も佳奈も、それだけで紀州徳川家の下屋敷と覚った。下屋敷には頼方がいる。江戸潜みの薬込役が頼方を護っていることを、佳奈はすでに聞かされている。だが、頼方が源六であることは知らない。

それをいまから、知ることになる。いかに冴であっても、きょう一林斎が頼方こと源六を連れて帰ってくるなど、想像すらしていないだろう。当然、冴は佳奈に、頼方が源六であることをまだ話していない。

イダテンが霧生院の冠木門に駈け込んだ。さいわい待合部屋に人はおらず、療治部屋も町内の隠居に据えていた灸を終えたところだった。

「急患だーっ、急患！」

イダテンは庭から障子越しに声を療治部屋に入れた。

「あの声は、伊太さん！」

佳奈が縁側に奔《はし》り出た。

「どこ？　どんな症状？」

「すまねえ。いますぐ療治部屋を空けてくだせえ。すぐ来まさあ、駕籠でっ」

「なんともまあ、忙しいことじゃなあ」

灸を終えた隠居は急ぐように着物を着た。

「おう、父《とっ》つぁん、すまねえ。草履《ぞうり》、こっちへ持ってきておかあ」

イダテンは待合部屋のほうの踏み石にあった隠居の草履をつかみ、療治部屋のほうに置いた。

「伊太さん、いったい？」

冴はこうも慌てたイダテンを見るのは初めてだ。患者を早く帰そうとするのを叱るよりも、急患だというが何事が起こったのかと不安のほうがさきに立った。

「父つぁん、手伝うぜ」

イダテンは草履を履く隠居を支え、さらに急かすように冠木門まで送った。

これにはさすがに冴も縁側に出て、

「伊太さんっ。いったい、なんですか」

叱る口調になった。

角の向こうから、駕籠舁き人足のかけ声が聞こえてきた。

「申しわけございませぬ、冴さま」

イダテンは縁側のほうへ急いで戻り、言葉も武士風に、

「駕籠が二挺。組頭と頼方公です」

言うなり冠木門まで走ると急に足を緩め、さりげなく外に出た。あとを尾けている者がいないかどうか、周囲を巡回するのだ。

「えっ」

「いま、なんと」

縁側に立ったまま、佳奈と冴は驚きの声を上げた。

駕籠が二挺、イダテンと入れ替わるように冠木門に入って来た。千駄ケ谷の駕籠屋ではない。赤坂で一度、さらに神田橋御門を出たときにも乗り換えた。千駄ケ谷は小さな町だ。駕籠舁き人足は頼方を乗せたことを自慢するだろう。その駕籠のまま神田須田町まで走ったなら、行く先が下駄屋に知られ、

（はて、なにゆえわざわざ神田須田町の療治処などへ？）

疑念を持ち、それが薬込役の配置を知られる針の一穴ともなりかねない。赤坂の町場で乗り換えるとき、加納久通と小泉忠介は、近くに紀州家の者がいないか気を配ったものだった。

入って来た駕籠に、羽織・袴の武士がついている。

「あっ、小泉さま」

佳奈が声を上げた。

冴も、

「これは、加納久通さまでは！」

驚きの声を洩らした。久通は和歌山で一林斎たちの住まいであった薬種屋に幾度か行ったことはあるが、江戸で霧生院の住処《すみか》を訪ねるのはこれが初めてだ。その意味からも、加納久通はきょうの頼方のお忍びに興味があった。

「さあ、頼方さま。着きましたぞ」

先に地に立った一林斎がうしろの駕籠に声をかけた。いかに源六とはいえ、いまは十九歳の葛野藩三万石の藩主だ。駕籠から飛び出るようなまねはしない。といっても佳奈に会えるとなれば、気分は昔のままだ。そこをぐっと堪えている。外では、ゆっくりと動く駕籠の垂に、冴と佳奈が固唾を呑んでいる。まだ二人とも縁側に棒立ちのまま、たすき掛けに前掛をつけたままだ。

出た。

偉丈夫な青年武士が、霧生院の庭に立った。

すばやく小泉忠介が酒手をはずみ、駕籠屋を外へ出した。

庭の青年武士と縁側の娘が、しばし時の動きがとまったか、凝《じ》っと見つめ合っている。離ればなれになったのは十一年前、源六が八歳で佳奈が六歳のときだった。

庭から加納久通も十七歳になった佳奈を、驚きの思いで見つめた。光貞の美貌の側室であった由利に、あまりにも似ているのだ。同時に、一林斎が佳奈を赤坂には近づけない理由《わけ》を解した。

「佳奈、佳奈か？　佳奈じゃ。確かに佳奈じゃ！」

「兄《あに》さん？　兄さんじゃ、源六の兄さんじゃ！」

源六につづいて佳奈も声を上げ、源六が走り寄り佳奈が庭へ飛び降りるのが同時だった。

「どうしておった、佳奈！」

「兄さんこそ！」

手を取り合った。

一林斎は冠木門の門扉《もんぴ》を閉めた。

不思議と佳奈は、萱野三平と出会ったとき、前掛にたすき掛けの姿が恥ずかしく思えたが、源六にはむしろそれを誇りたい気分だ。

「なんです、佳奈。下駄も履かないで」

縁側から冴が言った。佳奈は飛び降りたままだった。

「あららー」

と、足袋跣《たびはだし》も恥ずかしくない。

「相変わらずじゃなあ、佳奈は。あははは」

源六も佳奈の顔を見つめたまま笑う。

「さあ、源六君。上がりなさいな」

「はい」

落ち着いたところで冴が言ったのへ、源六は素直に応じた。冴に言われたのなら、感覚は佳奈と和歌山の町場や海浜、川原を駈けめぐり、すり傷をつくって冴に手当をしてもらい、稚児髷《ちごまげ》を結い直してもらっていたときのままとなる。

「ん?」

と、落ち着けばようやく佳奈は気づいた。

(源六の兄さんが、頼方さま?)

問うように、源六の背後にいた一林斎に視線を向けた。

「そうそう。徳田《とくだ》の光友《みつとも》さまもな、源六君が霧生院の娘に会うのなら、帰りは遅うなってもよいと言うてくださってのう」

一林斎は佳奈にではなく、縁側の冴に言った。

(あくまでも、われらの娘として)

冴に伝えたのだ。冴は無言でうなずいた。徳川光貞が佳奈には徳田光友と名乗っているいることを、小泉忠介も加納久通も心得ている。

「さあ、源六君。奥へ」

一林斎は源六をうながし、冴には、

「三人で積もる話もあろう。儂はこっちの部屋で加納どのや小泉どのと、ちと話があってのう」

「は、はい」

冴は戸惑ったように返事をした。

(ずるい)

思える。源六が頼方であることの説明を、一林斎は冴に振ったのだ。

「さよう、さよう。わしはもう千駄ケ谷で、一林斎とは充分に話したでのう」

源六も言う。

冴と佳奈は奥の居間に源六をいざない、一林斎たちは待合部屋に入った。

そこへイダテンが戻って来て潜り戸から入り、

「怪しい影はありませなんだ」

と、待合部屋での談合に加わった。

奥の居間では、冴が源六の素姓を説明していた。佳奈に薬込役の話をまだしていなかったなら、冴は苦労し佳奈は混乱したであろうが、佳奈は潜みであることを自覚している。

それに、和歌山にいたときから、いつも武家地から町場の薬種屋に遊びに来る源六が、いずれかの大きな屋敷の若さまだということは、佳奈も聞かされていた。いつも薬種屋までは中間が一緒だったのだ。

その家系が藩主の血筋で、屋敷を抜け出したときの町場での遊び相手が、城下潜みの家の娘だった……と、佳奈は解した。

その源六が松平頼方となり、葛野藩三万石の藩主になっていた。そこに驚きは感じなかった。筋道は、なんとなく理解できる。

「そうじゃ、そうじゃ。あのころは薬込役とか城下潜みとか、そのようなことは知らなんだが、いま霧生院一家は江戸潜みなのじゃなあ。どうりで一林斎め、わしの前に姿を現わさなかったものよ」

と、源六も、これまでの不通を得心したようだ。

あと居間からながれてくるのは、三人の笑い声ばかりとなった。互いに和歌山城下での思い出話が尽きないのであろう。

一林斎たちのほうである。千駄ケ谷の下駄屋の〝父子〟が下屋敷にほとんど注目せず、こたびの源六の外出にもまったく不審な影が見当たらなかったことが、かえって療治部屋の雰囲気を重苦しいものにしていた。

「ということはだ、上杉の伏嗅組はいま、赤穂浪人の探索に全力を注いでいるということになる。吉良邸になにがしかの異変があり、なんらかの決着がついたあとじゃ。猿橋八右衛門は、伏嗅組の総力を源六君に向けて来ましょうぞ」

「分かっております。したが、なにがしかの決着を見るまでのあいだ、一林斎どのの胸中、お察しいたしまする」

一林斎が言ったのへ、加納久通は返した。久通も、霧生院が吉良家とも浅野家とも鍼療治を通じて交わりのあることを知っている。

「いかがなされるか」

「さようなこと、訊いてくださるな。応えようがござらん。ただ、源六君は赤穂浪人がなにがしかの行動を起こすのを、是《ぜ》としておいでのようだ」

「そりゃあ町場の衆もそう思うておりますよ」

「武家も大方そのように」

加納が訊いたのへ一林斎は応え、さらにイダテンが言ったのへ小泉がつないだ。だが、いずれも歯切れが悪かった。話をするにも〃なにがしかの決着〃とか〃なにがしかの行動〃としか言えない。

待合部屋では重苦しさのほかに、歯痒《はがゆ》さもそれぞれが感じていた。

「もうそろそろ屋敷へ戻らねば」

と、待合部屋で小泉忠介が行灯の灯りを受けながら腰を上げたのは、すでに夜五ツ(およそ午後八時)を過ぎた時分になっていた。早く帰らねば町々の木戸が閉まる。外濠の城門は日の入りとともに閉まっている。帰りは町場を通らねばならない。伏嗅組の気配はなく、護衛は加納久通と小泉忠介、イダテンの三人で充分だった。一林斎も、この三人なら安心できる。源六の腕も、なかなかのものだ。

佳奈が駕籠を呼びに出ようとすると、

「あはは、佳奈。おまえと話したあとじゃ。あんな窮屈なものに乗れるか。歩くぞ、歩くぞ」

「はい。そうなさいませ。わたくしも千駄ケ谷に行くときはそうしまする」

佳奈は応えた。すでにその約束ができているようだ。

一林斎も冴も往還に出て、提灯の灯りが見えなくなるまで見送った。

その夜、佳奈は興奮状態だった。

「おまえさま。きょうはようございましたなあ。なにやら肩の荷が降りたような気がいたしまする」

「儂もじゃ」

冴がそっと言ったのへ、一林斎は短く返した。

「これでよい、これで」

下屋敷では、光貞も霧生院での光景を想像し、おなじようなことをつぶやいていた。

和歌山城下での日々を江戸に再現してこそ、源六がなにやら由緒ある武家の若さまで、佳奈が霧生院の娘であることを、当人たちも周囲も、強く認識できるようになるのだ。

四　討入り

一

「巷《ちまた》の噂を持ち込むなってことでやすが、聞いてくだせえよ。もう怒りの声が溢《あふ》れていやすぜ」

留左が額の汗を拭きながら、困惑した顔で冠木門をくぐったのは、皐月《さつき》（五月）のなかばを過ぎたころだった。待合部屋は障子を開け放し、療治部屋も閉める必要がないときは開けており、庭と部屋を仕切るのは縁側だけとなっている。

午過《ひるす》ぎだ。療治部屋の障子は閉まっていたが、待合部屋には年寄りが三人ほど順番を待っていた。いずれも町内の顔見知りの隠居だ。留左の言葉に、

「これ、留」

隠居の一人が、たしなめるように縁側へ顔を出した。他の二人も、部屋の中から留左を睨んでいる。

「わ、分かってらあ。だけどよう」

留左は縁側に上がりかけた身をとめた。

霧生院のある須田町に限らず、近辺の神田界隈《かいわい》の住人は、霧生院に浅野内匠頭も吉良上野介も療治に来たことを知っている。

「一林斎先生はよう、ほんに悩んでおいでだろうよ」

噂し合い、霧生院に一歩入れば療治部屋はむろん待合部屋でも、患者同士で赤穂浪人の噂をするのは遠慮というより、禁句のようになっている。

「そうだがよう」

動きをとめた留左だが、気が収まらないのか縁側に這い上がり、

「聞いてくだせえよ」

と、療治部屋の障子を開けようとした。

巷間《こうかん》では、赤穂浪人がなかなか本所の吉良邸に討入らないものだから、

「――じれってえぜ。赤穂のお人ら、ほんとにやる気あるのかい」

「――これじゃ赤穂浪士じゃなくて、阿呆《あほう》浪士だぜ」

などと、勝手なことを言っているのだ。

それを留左は聞いて、いたたまれない気持ちで霧生院の冠木門をくぐったのだ。といっても、赤穂側にのみ肩入れしているわけではない。障子に手をかけた留左に、

「これ、留！　勝手に開けちゃいかんっ」

さきほどの隠居が強い口調で言った。療治部屋にいるのは、三日前に急なお産で冴と佳奈が駈けつけた町内の若い嫁で、母乳が出ず乳房が痛むのへ鍼と揉み療治をほどこしているところだった。経穴《つぼ》でも胸の神封《しんぷう》や乳根《にゅうこん》などの療治となるため、もろ肌を脱がせ仰向けに寝かせなければならない。横で産着《うぶぎ》に包まれた赤子が寝ている。

「なにぃ！」

留左には〝俺も霧生院〟との自負がある。手をとめ待合部屋のほうを睨んだ。

突然だった。

「やい、留。先生、いるかい！」

背後からの声に留左はふり返った。

「やっ、足曳《あしび》きのっ。なんでえ」

「おめえに用じゃねえっ。先生だ。犬、いや、お犬さまに人が咬《か》まれたっ」

「なに！　犬に咬まれた⁉」

障子が開き、一林斎が縁側に出るなりうしろ手で障子を閉め、

「どこだっ。情況は！」

「すぐそこ！　角を曲がったところでっ」

「よしっ。留もだっ。佳奈！　留に粉と腰紐《こしひも》っ」

一林斎は縁側から跳び下りるなり庭下駄をつっかけ、

「こっちでさあ」

すでに冠木門を走り出た藤次につづいた。粉とは憐み粉のことだ。

縁側では留左が障子の前に立ち、足踏みをしながら、

「お嬢、早う、早う」

「はいっ。これっ」

障子がすこし開き、佳奈が手だけ出して腰紐と油紙に包んだ憐み粉を渡した。

留左は引っつかむなり庭に跳び下りた。

手際がよい。よくあるのだ。だが、咬まれたというのはこの界隈では珍しい。憐み粉を油紙に包んでいるのは、においを洩らさないためだ。

冠木門を駈け出るなり、

「おっとっと」

たたらを踏んだ。一林斎と藤次がどっちへ走ったか分からない。

「留！　右手だ、右！」

「急げっ」

療治部屋から隠居たちの声が飛んだ。

「おうっ」

留左は憐み粉と腰紐を手に右へ走った。神田の大通りとは逆の町場の奥のほうで、最初の角を曲がった所だった。乾物屋の前だ。人だかりができている。股引《ももひき》に腰切半纏《こしきりばんてん》を三尺帯で決めた、町内では見慣れない職人姿の若い男が二人、手や足を血まみれにしてかなり大きな犬を押さえつけている。犬はもがき、職人二人は明らかに処置に困っている。〝生類憐みの令〟さえなければ絞め殺すところだろうが、それでは自分の首が飛ぶ。

町の男たちが莚《むしろ》や戸板で囲みをつくり、女衆はそれぞれに水桶を持って、

「さあ、職人さん！　お犬さまを離して！」

叫んでいる。

――ウウウウ
犬はうなり、

「くそっ」

「痛《いて》てっ」

離したらさらに咬まれる。

どの町でも、常に準備はしている。野良犬が町内に来れば、住人一丸となって用心深く見守り、人を襲う気配があれば莚や戸板で囲い込み、そのままゆっくりと他所へ移動する。うなり声を上げ、襲ってきそうになると水をかけて防ぐ。神田須田町の界隈では、囲い込んだところで住人の誰かが霧生院に走る。

それがどう失敗したか、いま眼前の光景となっているのだ。

「どいた、どいた！　来なすったぞうっ」

藤次の声に、

「おぉぉ。一林斎先生」

「もう安心じゃ」

「先生！　早う」

住人たちは一林斎と藤次に道を空けた。

「持って来やしたっ」

と、留左も追いついた。

「よし、出せ」

「へいっ」

一林斎は留左から憐み粉を受け取ると少量を犬の近くに撒き、

「さあ、離せ。もうよいぞ」

一林斎の声と同時に、犬は職人二人に抗《あらが》うのをやめ、憐み粉の撒かれたほうへ首を向けた。

職人たちが力を抜くと犬は地面に鼻をつけ、一林斎はさらにひと筋の線を描くように憐み粉を撒いた。犬はそれをたどり地面に鼻をこすりつけ、くしゃみをしだした。

その犬のようすを一林斎は観察している。よだれを大量に垂らし、目に凶暴性を帯びているようでもない。

「ふむ」

「おーっ」

一林斎がうなずいたのへ、周囲から安堵の声が洩れた。病犬《やまいぬ》ではない。それに咬まれたなら、十日ほどのちにその者は興奮状態から錯乱状態となり、全身に痙攣《けいれん》を起こし苦しみながら確実に死ぬ。

留左が腰紐まで持って来たのは、もし病犬だったなら、傷口から心ノ臓に近いほうをきつく縛り、傷口をさらに開いて血をできるだけ絞り出すためだ。これしか療治法はない。顔や首筋を咬まれたなら、もう死を待つ以外にない。その恐ろしさは神田界隈では霧生院からの口伝えで住人らに浸透している。一般にも広く知られ、知らぬは江戸城の綱吉と大奥のみであろう。

　犬の囲みはまだ解かれていない。

「よし。そのまま人通りの少ないところへ。留、粉でうまく誘いだしてやれ」

「へい」

　留左はまた憐み粉を受け取り、

「さあ、みんな。行くぞ」

「おう」

　囲みをつくっている男たちは応じた。留左は冴や佳奈から粉の扱いを伝授されており、町の者もそれをよく知っている。畜生を誘導するのだから、けっこう根気のいる作業となる。

「どれ、見せてみなされ」

　一林斎は職人二人の傷口をあらためた。引っかき傷もあるが、かなり深く咬まれている箇所もある。その場で手拭を裂いて応急処置をし、

「ついて来なされ」

一林斎は職人二人を霧生院にいざなった。

背後から、

「さあ。散った、散った」

足曳きの藤次の声が聞こえた。野次馬を散らしている。

声はそれだけではなかった。

「足曳きの親分さん。さっき先生や留さんが使ってた粉、見なすったかい」

「見た」

乾物屋のおやじが心配げに訊いたのへ、藤次は応えた。まわりに緊張が走った。

「奉行所に密告《さ》しなさるか」

「ふふふ。あんないいもの、江戸中に広めてもらいてえぜ。それも、秘かになあ」

「おーっ」

乾物屋の前に低い歓声が上がった。忍ぶようなその歓声は、諸人《もろびと》の綱吉将軍への憂さ晴らしの籠《こも》ったものでもあった。

「さあ、ここだ」

一林斎は冠木門をくぐったが、傷口を押さえついて来る男二人の挙動に、

（はて？）

首をかしげた。

二

鍼灸医といえど一林斎と冴は、金瘡《きんそう》（外科）にも心得はある。鈴ケ森で負傷したイダテンを手当したのも一林斎だ。

冴が気を利かせ、母乳の患者を居間のほうに移し、療治部屋を空けていた。待合部屋の隠居たちが縁側に出て、

「おぉ、気の毒に。痛かったろうに」

「じゃが、自分で歩いていなさる。よかった、よかった」

職人姿の二人を見て言っている。お犬さまの被害であれば、いずれもがわが事のように心配し、同情するのだ。

二人は焼酎で傷口を消毒するときも、痛さにうめき声は上げなかった。それよりも療治を受けながら、

「ここは鍼灸医と聞いておりやしたが、金瘡も大《てえ》したもので」

などと感心するように言う。さらに、

「お一人ですかい。ほかに手伝いのお人はいなさらねえので?」

と、問いまで入れてきた。そこへ、

「あらあら、災難でございましたねえ」

母乳の患者の療治を終えたか、冴が療治部屋のようすを見に来て、塗り薬の調合を手伝った。職人二人は冴の手さばきをも、値踏みするように見ていた。

一林斎は冴に言った。

「母乳の患者なあ。おまえが家まで送って行け」

「それなら佳奈に」

「いや。おまえが行くのだ」

一林斎の強い口調に、冴はなにごとかを感じ、座を立った。

このあとすぐ、冴が乳飲み子を抱いた女を支えるように冠木門を出るうしろ姿が、療治部屋からも見えた。

佳奈が療治部屋に戻り、

「まあ、こんなに。でもよかったですねえ、病犬じゃなくって」

言いながら傷口に血止めの塗り薬を塗り、包帯をする手さばきもずいぶん慣れたものだった。このときも二人は、感心と同時に佳奈の値踏みもしているようだった。

傷の手当はそう長くはかからない。だが、二人の手の平に竹刀《しない》だこのあるのを、一林斎は見逃していなかった。療治を終えたとき、

「この季節だ。膿《う》むと事だから、ようすを診るため二、三日後にまた来なされ」

「へえ、必ず」

二人はその言葉を待っていたように応えた。


冴は患者を家まで送って行って、一林斎が自分をつき添いにつけた理由《わけ》を覚った。母乳の患者は、職人風の二人が犬騒動を起こした乾物屋の嫁だったのだ。

かなりの時間をそこで費やし、帰って来たときには留左もすでに戻り、療治部屋は待合部屋にいた隠居が入っていた。背中に灸を据えられ、うなり声を上げているのを縁側から留左がのぞき込み、

「へん。ざまあねえぜ、そのくらいでよう」

悪態をつくのへ、

「留さん！」

佳奈が叱っていた。

そこへ冴も加わり、その話に待合部屋の隠居二人も療治部屋に入って来た。冴は乾物屋で聞いた、職人二人が犬と格闘を演じた経緯《いきさつ》を話しはじめたのだ。町内の出来事だ。それを療治部屋で話すのは、町の療治処としてきわめて自然な光景である。

「さっきの職人さん二人、角を曲がった乾物屋さんになにか買い物でもあったのか、お店の中に入っているところへ、けっこう大きなお犬さまがのそりと入って来たんですって。そこを職人さんの一人が足で蹴るような威嚇《いかく》をしたらしいの。それがそもそもの発端《ほったん》となって……」

「ほう、やっぱりなあ。あの二人、見かけぬ顔じゃったが、この町でのやり方を知らなかったようだな」

「そうそう。咬まれるまえにここへ駈け込めばいいものを」

冴の話に隠居たちは口々に言っていた。

このとき、冴が療治部屋で話さなかったことが一つあった。一林斎も冴の表情からそれを覚り、療治部屋が空になるのを待った。

陽がかなり西の空にかたむいた。

「それじゃあっしも暗くならねえうちに」

と、最後の患者を見送ったあと留左も帰り、療治部屋はかたづけにかかった。佳奈はきょう一林斎が使った鍼の熱湯処理の湯を沸かしに台所に立った。

「おまえさま」

深刻な表情で冴は言った。

「あの二人、わたしと佳奈が三日前にあそこのお産に駆けつけたのを知って、それで目串を刺したのでしょう。きょう乾物屋さんに買い物のふりをして入り、霧生院《うち》のことでさまざま聞き込みを入れていたようです」

「ふむ。そこへ犬が入って来たわけだな。手に竹刀だこがあった」

「やはり」

一林斎は返し、二人は顔を見合わせた。伏嗅組だ。

霧生院一家の三人が本所の吉良邸を見舞ったことは、当然猿橋八右衛門の耳にも入っていよう。猿橋は霧生院の近くに聞き込みを入れ、浅野家とも関わりのあることを知ったなら、

（さらに詳しく）

と、配下の者を須田町近辺にくり出したとしてもなんら不思議はない。それが図らずも犬に咬まれ、霧生院で手当を受けることになったのは、かれらにとっては好都合な展開といえようか。そこへ一林斎が〝二、三日後にまた〟と言ったのだから、待っ

ていたように応じたのもうなずける。二人は猿橋に報告し、必ずまた来るだろう。

来た。二日後だった。二人そろって、おなじ職人姿だ。名は又八《またはち》に吾市《ごいち》といった。下駄爺の茂平と平太のように偽名であろう。

傷口に化膿の心配はなく、軟膏を塗り包帯を巻きなおすだけでよかった。その短いあいだにも、又八と吾市は訊いた。

「いえね、近所で聞いたのでやすが、なんでもここはあの浅野さまの療治をしなすったこともおありとか」

「そうそう。あっしも聞いてびっくりしやしたぜ。お家断絶から一年以上にもなりやすが、その後も浅野のご家来衆には、ここへ診てもらいに来る人もおありなんでしょうねえ」

二人とも、町内に〝聞き込み〟を入れたのを白状しているようなものだ。療治部屋には冴も佳奈もおり、声は待合部屋にも聞こえている。

「浅野さまのご家中の方々、どうされているのか心配ですが、どなたも見えませんねえ。あなたがた、なにか噂は聞いていませんか」

包帯を巻きながら冴が逆に問いを入れたのへ、二人ともなにも応えず、さらに訊いてきた。

「あのときは夢中で気がつかなかったのでやすが、お犬さまをなだめるのに何やらみような粉を撒いておいでのようでしたが。なんですかい、あれは」

これは伏嗅組にとって、最も訊きたいところである。

二人が咬まれた当日、包帯姿で桜田門外の上杉家上屋敷に帰り、猿橋八右衛門へまっさきに報告したのも、この憐み粉だった。

上杉家上屋敷まで出向き、伏嗅組の面々に憐み粉の製法を伝え撒き方まで伝授したのはヤクシなのだ。当然、猿橋はそれが吉良家にも伝わっていることは知っており、又八と吾市に、なぜそれを霧生院が使っているか探るように命じたはずだ。もし吉良家から伝わったのなら、霧生院と吉良家との結びつきは強く、すなわち〝味方〟ということになる。

一林斎は応えた。

「あははは。さるお屋敷に出入りしたおり、そこの侍医から教えてもらいましてな。それ以上は訊きなさるな、ふふふ」

意味ありげな言葉に、又八と吾市はそれ以上は訊かなかった。二人にとって、この日の探りの成果は充分にあったのだ。

もちろん、このあとも他の伏嗅組が須田町界隈に聞き込みを入れ、町医者と町の産婆としての霧生院の評判はよく、憐み粉をうまく使いこなし、浅野家の者が訪ねてくる節のないことも調べ上げただろう。

留左が縁側で言っていた。

「柳原でちょいと手慰《てなぐさ》みの胴元を張っていたらよ、みょうな浪人が客につき、霧生院のことをなんだかんだと訊きやがるのよ。適当にかわしておきやしたがね」

「だめですよ、足曳きの藤次さんにお目こぼししてもらっているからって、調子に乗っちゃあ」

「へへへ。まあ、心得てまさあ」

療治部屋から冴に言われ、留左は頭をかいていた。

その日、浪人姿と二人の職人姿が上杉家上屋敷で猿橋八右衛門に報告していた。

「かねて霧生院出入りの町人、留左なる者は古くから須田町に住む遊び人で、不審な点はまったくありませぬ」

「近所の者に訊いても、霧生院に出入りする以外は柳原土手で小博打を打っているような男で、赤穂の間者とはとても思えませぬ。さような者がなかば奉公人のごとく出入りしているところからも、霧生院とは単に評判のいいだけの町医者と判断してよいものと思いまする」

「ふむ」

猿橋は得心するようにうなずいていた。

その猿橋八右衛門が伏嗅組の主だった者を集め、内々に語ったのは皐月（五月）の末ごろだった。

「神田須田町の霧生院は、浅野内匠頭と生前は交わりがあっても、現在《いま》は赤穂浪人の出入りはないとみてよい。したがって一林斎なる者が向後、吉良さまの屋敷に出入りしようとも、吉良屋敷のようすが赤穂方に洩れる懸念はないものと認める」

猿橋は千駄ケ谷にも触れた。

「千駄ケ谷の下駄屋だが、目串を刺した際物商いの二人は、単なる市井《しせい》の行商人とみてよい。向後、身辺探索の必要はない。ただし、下駄屋は紀州家下屋敷への備えとしてそのまま置いておく。店の二人には下駄の歯入れ屋に徹し、来《きた》るべき日に備え、千駄ケ谷の地に根を張っておくよう下知しておけ」

そうした伏嗅組の変化を、千駄ケ谷の棲家のロクジュとトビタが敏感に感じ取っていた。

「どういうわけでえ。夏の盛りだからってえわけでもあるめえに。下駄の歯入れの茂平も平太も、ちっとも商いについて来なくなったぜ」

ロクジュとトビタは直接それを霧生院に伝えたりはしない。下屋敷の役付中間のヤクシに伝え、それが上屋敷の使番中間の氷室章助に伝わり、そこから赤坂の町場のイダテンとハシリに伝えられ、

「どうも印判師の仕事ってのは、肩が凝りやして」

と、神田須田町の霧生院へ伝えていた。

ちなみにロクジュとトビタはこの季節、蚊帳《かや》売りをしていた。菅笠《すげがさ》をかぶって腰切半纏を三尺帯で決め、蚊帳を入れた大きな篭《かご》を天秤棒で担ぎ、

「もえぎのかやーっ」

と、町々をながすのだ。常に声を出しているので尾けやすい。しかし、茂平も平太も千駄ケ谷の店の前で、

「やあ、きょうも精が出るねえ」

と声はかけてくるが、まったくついて来なくなったのだ。

霧生院の周辺でも、犬に咬まれた又八と吾市はその後姿を見せず、浪人姿や職人姿が近辺に聞き込みを入れている気配もなかった。

「うーむ。伏嗅組は、全力を赤穂浪人探索にふり向けたようだなあ」

「おそらく」

一林斎が言ったのへ冴は応え、

「しかし、千駄ケ谷の下駄屋がそのままというのは不気味です」

「やがてな、あそこの動く日が来よう」

と、薬込役の緊張がゆるんだわけではない。

むしろ、増していた。

消息の知れない片岡源五右衛門や礒貝十郎左衛門、さらに寺井玄渓から名を聞いた大石内蔵助、小野寺十内、堀部弥兵衛らの動向だ。そこに吉良上野介の命がかかっている。

それを思えば、一林斎も冴も将軍家の綱吉に怒りを覚え、私心のない片岡や礒貝らの赤誠《せきせい》に胸の痛むのを覚えた。

つとめて話題にしなくても、相反する二つの思いを胸から消すことはできない。自然、毎日の霧生院の夕餉の座は湿り気を帯びたものとなっていた。

「おいたわしや」

佳奈が食欲もなく、箸をとめぽつりと言ったことがある。その胸中には萱野三平ばかりか浅野内匠頭、これからそこにならぶかもしれない吉良上野介が混在していた。

そのような佳奈が唯一、心の底からはしゃぐことが一つだけあった。

三

源六である。

下屋敷にも、上屋敷の奥御殿から遣わされた腰元がいるとあっては、佳奈が一林斎や冴と出向いたのでは、

(いったい何者?)

と、奥御殿に知らせが入り、綱教の興味を惹かないとも限らない。

会う場所は、内藤新宿の庭の広い料亭・鶴屋《つるや》だった。繁華な宿場の大通りから離れ玉川《たまがわ》上水の流れに借景《しゃっけい》した庭を、光貞は気に入っていた。佳奈にとってもそこは三年前の夏、初めて一林斎、冴以外の人体に鍼を打って褒められた、一生の思い出となる場所なのだ。そのとき鍼を打った相手は、光貞だった。

いまでは留左がときおり縁側で佳奈の鍼を受けており、最初は正直に〝痛《いて》っ〟と言っていたのが、いまでは〝ほっ、お嬢。慣れてきたじゃねえか〟と、言うほどになっている。一林斎も冴も、

「――そろそろ縁側ではなく、療治部屋で打たせてもいいかなあ」

と、言いはじめている。

内藤新宿への日にちが決まったのは、水無月《みなづき》（六月）に入ってからだった。

「わたし、また徳田のご隠居さまに鍼を打って差し上げたい！」

佳奈は興奮気味に言ったものだった。

その日が来た。日の出のころに、霧生院の一家三人は軽い旅支度を整え、留左を留守居に〃薬草採り〃に出かけた。

玉川上水の水音を聞きながら鶴屋の庭を、十九歳の源六と十七歳の佳奈が散策というより追いかけっこなどしている。童心に返っている。それを庭に面した廊下から、徳田光友こと光貞と一林斎、冴がながめている。

光貞には、最後の愛妾であった由利の腹になる、実の息子と娘の姿なのだ。すでに七十六歳の年行《としゆ》きを重ねた光貞にとって、おもてにはできないもののそれを眺めるのに勝《まさ》る仕合わせはないだろう。だが一方、一林斎と冴にとっては、これほどハラハラする光景はない。

佳奈にとって、さらに楽しいことがあった。また光貞に鍼を打った。

「ほう、佳奈。腕を上げたのう」

光貞は言った。三年前は痛かった。だが口には出さず、光貞には実の娘に鍼を打たれている喜びのほうがはるかに勝《まさ》った。しかしいま、痛くはないのだ。

光貞の言葉を、佳奈は〝源六の兄《あに》さん〟に自慢した。

「棒切れを振りまわしていたおまえが、そんな技まで身につけていたとは」

と、それは源六にも嬉しいものだった。

月が変わった文月《ふづき》（七月）、ふたたび佳奈は源六と会う場が設けられた。源六が望んだことだった。会った場所は、甲州《こうしゅう》街道の内藤新宿の次の宿場となる下高井戸宿《しもたかいどしゅく》だった。場所が遠くなるため、老齢の徳田光友こと光貞は行かなかった。一帯は一林斎たちの薬草採りの場でもあり、かつて安宮照子の要請で源六襲撃のため京より下って来た陰陽師・土御門《つちみかど》家の式神《しきがみ》たちを迎え撃った古戦場でもある。

ここに出かけたのは、正真正銘の薬草採りだった。この日、佳奈は鈴ケ森での初陣のときに着けた、梅の花模様の絞り袴と筒袖だった。

「似合うぞ、似合うぞ。佳奈」

と、囃《はや》し立てた源六も、絞り袴にたすき掛けだった。

下高井戸に来たときにはいつも草鞋《わらじ》を脱ぐ旅籠の角屋《かどや》は、江戸の町医者の一家をよく覚えていた。源六には加納久通に小泉忠介とヤクシがついていたが、この一行を角屋の者は三万石の大名と気づくことはなかった。

薬草採りである。佳奈も源六も篭《かご》を背負い、野原を駈け樹間をめぐった。

「佳奈、この花はなんというぞ」

「あ、それは山百合《やまゆり》。気をつけなされ。花粉がつくとなかなか取れませぬぞ。茎を干して煎じれば、咳止めに効くのじゃ」

「おう、早く言え。もうついてしもうたぞ」

と、それはまさしく源六と佳奈にとって、和歌山城下の幼く楽しかった時代を彷彿《ほうふつ》させるものだった。

もちろん周囲には見え隠れしながらロクジュとトビタ、イダテンとハシリらがついているが、伏嗅組が狙おうとすれば、またとない好機であることに間違いはない。伏嗅組はいま、赤穂浪人の探索に全力を注いでいる。いわば源六は、赤穂浪人らの動きによって伏嗅組の目の外に置かれているのだ。

月は葉月《はづき》（八月）となり、秋の気配を強く感じはじめたころだった。

その十五日、夜になれば中秋の名月だ。

朝から療治のあいまに冴と佳奈は月見団子をこねた。だが、佳奈は浮かぬ表情だった。理由《わけ》は冴にも分かっている。風雅を好む上野介が、本所の屋敷で月見の茶会をしないはずはない。霧生院に招きの文《ふみ》が来ないのだ。

患者の途絶えたとき、縁側で薬研を挽くよりも団子を丸めながら、冴は寂しそうな佳奈に、

「吉良さまがおっしゃったのは、年忘れの茶会でしょう」

「でもお」

と、やはり佳奈は不満顔だった。夏場には徳田のご隠居に鍼を褒められた。それが

三年前の褒め方と違っていたことは、佳奈も感じ取っている。佳奈にとって、自信を

実感するものだった。その腕前を、吉良のご隠居にも披露したいのだ。

「年忘れの茶会では寒うて、ご隠居さまに風邪を引かせてしまっては大変です」

「なにを勝手なことを」

言っているところへ、

「へい、ごめんなすって」

と、菅笠に尻端折で篭を背負った小柄な男が冠木門に入ってきた。

「あら、トビタさん」

佳奈の声に、

「おう、どうだった」

療治部屋で鍼の手入れをしていた一林斎が縁側に出てきた。ここ数日、ロクジュとトビタは秋の七草売りをしていた。千駄ケ谷には野原が多く、七草を摘むのに便利で元手もかからない。トビタは庭先に立ったまま、

「吉良屋敷のお女中衆にも買ってもらいやした。裏門の潜り戸から中をちらと見やしたが、静かなものでした」

「ふむ。で、どう見た」

「屋敷で月見の茶会か宴《うたげ》をするのなら、陽のあるうちは準備で慌ただしいはず。それが感じられないのは、今宵吉良邸ではなんの催しもなく、よって吉良さまは不在」

「よし。ご苦労だった」

「へい」

それだけでトビタはきびすを返し、冠木門を出て行った。かりに下駄の歯入れの茂平か平太があとを尾けていたとしても、七草売りが庭に入ったが商いにならず、すぐ出てきたようにしか見えないだろう。伏嗅組の目が赤穂浪人に向いているとはいえ、用心はしているのだ。

「そういうことだ、佳奈」

さっきからすねている佳奈に一林斎は言った。佳奈もようやく得心したようだ。

吉良家では正室の富子が実家の上杉家上屋敷に居を移し、

——上野介どのは養子の義周《よしちか》どのをともない、上杉家上屋敷に出向かれているごようす

と、小泉忠介が氷室章助を通じてイダテンとハシリの長屋に伝え、それは霧生院にも伝わっている。一林斎が知ってどうするというのではない。ただ、知りたかったのだ。トビタの帰ったあと、霧生院の縁側にはまた重苦しい空気がながれた。

夕刻近く、

「こんなもんでよろしいですかい」

と、留左がススキを束ねて持って来た。縁側に飾り、今宵は霧生院の庭でもささやかに月見だ。

「さようですかい。満月の月明かりに、留左がぽつりと言った。だったら今夜も騒ぎは起こらねえってことで」

霧生院の縁側は、なにやらホッとした雰囲気に包まれた。

月があまりにも明るかったせいか、佳奈もふと言った。

「いまごろ、片岡さまや礒貝さまは……」

その瞼《まぶた》の奥には、鈴ケ森の街道で、

「——忘れませぬぞーっ」

叫ぶような声とともに闇へ消えた、早打駕籠の灯りが映っていた。


左右田孫兵衛が中間を供に霧生院に顔を見せたのは、その翌日の午過《ひるす》ぎだった。奥へいざなおうとした冴に、

「いやいや、ここで」

と、縁側に腰を下ろした。留左も来ていて、庭の薬草畑の手入れをしていた。

「いかがなされた」

療治部屋から出てきた一林斎は、胡坐《あぐら》を組みながら言った。左右田は疲れ切った表情だったのだ。声も疲れていた。

「昨夜は上杉家の上屋敷にて月見でしてな、きょうは白金《しろかね》の下屋敷ですわい。いまから来てくださらぬか。ちょいと風邪気味のようでしてなあ」

年行き六十二歳である。こじらせれば大事に至らぬとも限らない。佳奈が縁側に茶を運ぶとすぐ薬籠と薬湯、鍼の用意を始めた。急なことで、療治部屋にも待合部屋にも患者がいる。行くのは一林斎と佳奈で、冴は残ることになった。留左が来ていたのがちょうどよかった。

佳奈が用意をしているあいだ、

「綱憲さまは、これからもずっとと言うてくださるのじゃが、あそこには上杉の家臣たちが多うて、どうも居心地がのう」

と、左右田は愚痴をこぼすように言った。それで本所に帰るのではなく、白金の下屋敷へ……。

「それは気疲れの多いことでございましょう」

と、一林斎は解した。下屋敷でも上杉十五万石の白壁の中におれば、浅野の旧臣が襲って来ることはない。

「さあ、整いました。参りましょう」

佳奈の声は弾んでいた。庭には中間がすでに町駕籠を呼んでいる。

下屋敷には上野介のみで、正室の富子と養子の義周は上屋敷に残っているようだ。

奥の部屋に入ると、

「おう、おうおう」

上野介は、一林斎と佳奈がすぐ駈けつけたことを喜んだ。

風邪の症状は軽く、原因も気疲れからだった。去年の暮れ本所の屋敷に見舞ったときより、さらに老けて見える。

この日、部屋には上野介と一林斎と佳奈の三人のみとなった。座は、世間のしがらみから離れた空間となった。それだけで上野介の症状はやわらぎ、

「歳のせいかのう。近ごろは体がだるうてしようがないわい」

と、世間一般の老人の話になった。

「ならば」

佳奈の出番だ。

ひと膝まえに進み出た。

「そなた、できるのか」

と、最初は不安げだったが、一林斎が横にひかえている。佳奈が首筋の天柱《てんちゅう》や背の身柱《しんちゅう》などの経穴《つぼ》に鍼を打ちはじめると、

「おぉ、おぉ。そなたに、かような術があったとは」

声に出して満足を示した。

最後に一林斎が上野介をうつ伏せに寝かせ、足裏の湧泉《ゆうせん》に指圧を加えた。このときも上野介は心地よいうめき声を洩らした。

起き上がるとき、介添え不要で確かに身が軽くなっていた。

帰るとき、佳奈は涙の出るのを見せまいと、懸命に堪《こら》えた。

だが、揺れる駕籠の中で堪え切れなかった、須田町に着き霧生院の庭に降り立ったとき、目を赤く泣き腫《は》らしていた。

冴は驚いたが、すぐ解した。

居間に入り、一林斎がぽつりと言った。

「吉良さまこそ、最大の犠牲者なのだ」

慰めの言葉だったろうが、佳奈はどきりとした。

その日はきっと来る。

いつか……、それは分からない。

佳奈が白金の上杉家下屋敷で、上野介に鍼を打っていた時分である。

桜田門外の上屋敷の中奥の一室で、綱憲は家老の色部又四郎《いろべまたしろう》と対座していた。上野介が上屋敷で居心地の悪さを覚える原因はここにあった。色部はあるじの綱憲を諫《いさ》めるように言っていた。

「殿、浅野の旧臣と諍《いさか》いを起こすのは、かまえてなりませぬぞ」

親子の情よりも、あくまで米沢藩上杉家十五万石の立場に立って言う色部に、綱憲は渋面《じゅうめん》を向けていた。

四

「よし、佳奈。縁側で留にではなく、療治部屋で実際に打て」

「えっ、ほんと！」

一林斎が言ったのへ佳奈が喜びの声を上げたのは、白金の上杉家下屋敷へ出向いた翌日だった。冴も笑顔で、

「佳奈、もう一人前です。したが、精進は忘れぬように」

「は、はい」

居間での朝餉の座である。佳奈は舞い上がりたい気分になった。

一林斎がそう決めたのはきのう、佳奈が上野介の背に鍼を打っているときだった。寺井玄渓きのうのうちに一林斎は佳奈に告げたかったが、言える状態ではなかった。上野介はまだから萱野三平の自刃を聞かされた日のように、一晩中泣いていたのだ。

生きているのだから、さらにいたたまれない気持ちであったのだろう。

それにしても、佳奈の鍼の実験台になったのが、徳田光友こと徳川光貞と吉良上野介というのだから、なんとも豪華で贅沢《ぜいたく》な話ではある。

この日、佳奈の最初の患者となったのは、朝一番に来た、肩を傷めた左官屋の棟《とう》梁《りょう》だった。療治部屋で、

「えっ、佳奈お嬢が!?」

と、躊躇《ちゅうちょ》する素振りを見せたが、縁側で留左に打っているのを見たこともあり、

「わたくしを信用してくださいな」

自信ありげに言う佳奈に、

「ならば、さあ打ってもらいやしょう」

と、もろ肌を脱いだ。

一林斎と冴は、佳奈の指さばきを注視し、

「ほぉう。ほう、ほう」

と、棟梁の反応も、きのうの上野介とおなじだった。

一林斎が佳奈の鍼療治を許したのには、もう一つ理由があったようだ。患者に鍼を打っているとき、全神経を集中し、なにもかも忘れるのだった。

源六のことは、消息が分かりいつでも会えるとなれば、かえって気にならなくなった。やはり悶々とせざるを得ないのは、吉良家と浅野家の件である。

鍼療治以外にも、忙しさのあまりそれをしばし忘れる日が来た。極月《ごくげつ》（十二月）十

三日だ。

江戸ではこの日、煤払《すすはら》いの日といって武家も町場も、一斉に大掃除をするのが慣《なら》わしになっている。朝から畳を外に出して叩き、棟木や壁、天井の煤を払い、畳をまた入れる。

「さあ、やりやしょう」

と、朝早くから毎年、留左が手伝いに来るのが霧生院では恒例になっている。居間や台所のほかに待合部屋も療治部屋もとなれば、とても一林斎と冴と佳奈の三人だけでは手が足りない。留左以外にも、人手のある町内の商家から、

「旦那さまに言われて来ました」

と、手代や小僧が幾人か手伝いに来る。

とくに今年は朝から忙《せわ》しなかった。去年の勅使饗応の日のように、曇り空で冷え込みが厳しい。誰もが朝起きて空を見るなり、

「こりゃあ雪だな。降らぬうちに畳を」

と、江戸中が早朝から煤払いに動き出したのだ。

「さあ、待合部屋からだ」

と、力仕事は留左が手代や小僧たちを差配し、冴と佳奈は手拭を姐さんかぶりに煤

竹で天井から壁へと煤を払い、一林斎は納戸《なんど》や押入の整理にかかった。すでに町内のあちこちから畳を叩く音が聞こえている。

一林斎はハッと手をとめた。居間の納戸の奥から、三年前に内藤新宿の鶴屋で、秘かに光貞から佳奈へと下賜《かし》された、葵《あおい》のご紋が打たれた脇差と印籠が出てきたのだ。

佳奈は冴と療治部屋の煤払いにかかっている。庭で畳を叩いている留左たちにも見られることなく、急いで納戸の奥にしまいなおした。

留左の差配が手際よく、午過ぎにはすべてを終え、どの部屋も正月を迎える新たな装いになった。

手伝いの者も含め、縁側でおにぎりと味噌汁の昼餉をすませると、

「俺っちの長屋もちょいと見てくらあ」

と、留左は急いで帰り、手伝いの手代や小僧たちも一林斎一家のお礼の言葉を背に冠木門を出た。

それとほとんど入れ替わるように、この寒空に猿股《さるまた》に紺看板と梵天帯《ぼんてんおび》の中間が冠木門に走り込んできた。縁側にいた一林斎は、

(はて?)

腰を上げた。見覚えのある本所吉良邸の中間だ。急を告げるため走っていたのでは

なく、寒いからのようだ。

「屋敷のあるじからこれを」

中間はふところから書状を取り出し、縁側の一林斎に手渡し、佳奈が心配げに運んで来た湯飲みを両手で包み込み暖を取っている。

年忘れの茶会の件だった。内容は、去年の約束を忘れていなかったというわけではなかった。宛名は一林斎だったが、四月《よつき》前に白金の上杉家下屋敷での鍼が忘れられなかったのか、茶会のあいだ佳奈と冴に別間で控えていてくれないかとの依頼である。それも鄭重に上野介の直筆で、かすかに墨の匂いもする。

一林斎の脳裡はめぐった。

本所の屋敷で茶会を催す。浅野の旧臣どもを恐れてなどいないぞとの、なかば強がりである。そこへ茶筅髷《ちゃせんまげ》に筒袖、軽衫のいかにも医者といった風体の一林斎が来ていたのでは、上野介の体にどのような噂が立つか知れたものではない。佳奈と冴なら、腰元かお座敷手伝いの女衆に扮《こしら》えられる。左右田の発案だろう。当人の左右田が直接来なかったのは、煤払いと茶会の準備に忙殺されているためだろう。茶会はあした、十四日の昼間なのだ。

雪が降りだした。冴も縁側に出てきて居間に入るように言ったが、中間は返事を聞いてすぐ戻るように言われているようだ。

「行きたい」

佳奈は声を上げ、冴も承知した。中間はその返事を持って雪の中へ走り出た。冴と佳奈の脳裡には、控えの間での待機とはいえ、すでに上野介に見せるための着物と去年土産にもらった鼈甲《べっこう》の櫛と珊瑚《さんご》の簪《かんざし》が浮かんでいた。

三人で縁側から中間の背を見送り、

「寒い。中に入りましょう」

佳奈が言い、

「あらあ、ロクジュさん。いまごろ持って来ても、もう煤払い終わりましたよ」

冠木門のほうに声を投げた。数日前から江戸の町々には煤竹売りが出ている。きょうまでの商いだ。股引に袷《あわせ》の着物を尻端折に手拭で頬かぶりをしている。先のほうだけ枝葉を残した篠竹を、売れ残ったのか数本担いでいる。

「ほう、どうだった」

一林斎は手招きし、居間に移った。念のためにと、一林斎が依頼していたのだ。煤竹売りなら、裏門から中まで入れる。警護のようすを、垣間見《かいまみ》ることもできよう。ただ、煤払いの翌日に茶会とは、一林斎にも意外なことだった。

さらに、ロクジュの見立てが気になった。

吉良邸ではきのうのうちに母屋の煤払いをすませ、きょうは家臣団の住まうお長屋のほうだけだったらしい。

「武士団は三、四十人くらいもいたようで」

と、そのことではない。煤払いの終わっている母屋のほうも腰元衆が忙しそうに立ち動いていたのは、あしたの茶会の用意のためだろう。そこへもう一人煤竹売りが裏庭に入って来て、中間にさりげなく、

「——あした、茶会がありますので？」

と、訊いていたというのだ。

なぜ、その煤竹売りは茶会を知っている。ロクジュはそれを聞いて、初めて煤払いの終わっているはずの母屋が慌ただしい原因を知ったのだ。

「中間はなんと応えていた」

「夜には奉公人にふるまい酒が出るので楽しみだ、と」

茶会は夕刻近くまでだ。

その夜、上野介は確実に吉良邸にいる。

「あの煤竹売りねえ、根っからの町人のようには見えやせんでした」

ロクジュも町人言葉を使っているが、根は武士だ。だから同類には、それと感じるものがある。ましてその者がにわか町人ならなおさらだ。

冴と佳奈は顔を見合わせた。

茶会の話を聞き込んだ赤穂浪人が、それを確かめに来た……。

「ご苦労だったな。そなたとトビタは今宵と明日、千駄ケ谷の棲家を動いてはならぬ。千駄ケ谷にいることを、下駄屋に慥《しか》と見せておくのだ」

「へい」

ロクジュは返し、帰りしな、

「どうなさるので?」

一林斎の顔をのぞき込んだ。ロクジュとトビタがいずれにも出張っていないことを下駄の歯入れたちに見せておく。すなわち、

(一林斎が出張る)

ということになる。ロクジュに問われ、

「なにをどうするか、儂にも分からん」

一林斎は応えた。

玄関口に立ち、また煤竹を担いだロクジュは、

「うひょー」

声を上げた。雪が激しくなっている。さっき降り始めたばかりなのに、もういくらか積もり、一面まっ白だ。

「気をつけてー」

佳奈の声を背に、ロクジュはまた手拭を頬かぶりに冠木門を出た。

一林斎も庭に走り出て、積もらぬ前にと冠木門の門扉を閉めた。この分では、煤払いを途中で終えなければならなくなった家がかなりありそうだ。留左などは逆に喜んでいるかもしれない。

佳奈が火鉢に炭をつぎ足し、三人はそれを囲んでいる。

ちなみに、ロクジュが吉良邸で会ったというにわか町人の煤竹売りは、大高源吾《おおたかげんご》といった。赤穂浪人は、あす十四日の夜は吉良上野介が確実に本所の屋敷にいる確証を得たのだ。

「わたし！」

「ならぬ！」

立ち上がろうとした佳奈を、一林斎は一喝した。

「ならば、どうすればいいのよ！」

佳奈はいつになく喰ってかかった。

一林斎は言った。

「浅野の方々も、吉良さまも、世の流れの中においでなのじゃ」

「そうですよ。すべては世の流れです。片岡さまや礒貝さまの赤誠が成就《じょうじゅ》すると決まったわけではありませぬ。どちらになるのか、誰にも判りませぬ」

片岡や礒貝の赤誠とは、萱野三平の遺志でもある。

佳奈はその場にワッと泣き伏し、

「なにもかも、知らなければよかったのよ！　なにもかも」

畳を叩き、しゃくり上げ、さらに泣いた。

泣きたいのは佳奈だけではない。泣ける佳奈はまだ仕合わせである。

佳奈の泣き声のなかに、一林斎と冴は顔を見合わせた。

(上杉はどう出る。押し出すか)

それは明らかに、他の力の介在となる。

上杉家家老の色部又四郎は、あるじの綱憲が吉良邸に藩士を詰めさせることさえ諫《いさ》めていた。吉良家から上杉家に養子入りした綱憲の許にあって、上杉家代々の家老職である色部の力は大きい。

だが、家老の力が及ばない部署がある。藩主直属とされる伏嗅組だ。だから紀州徳川家の綱教から為姫を通じ、頼方こと源六の暗殺に伏嗅組の動員を要請されれば、それに応じたりもできるのだ。伏嗅組の差配に色部の力が及んでおれば、他家の策謀などに、まして暗殺など、伏嗅組が動くことはあり得ないだろう。

色部さえ容易に入れない上屋敷の奥座敷に、猿橋八右衛門は呼ばれ、綱憲と為姫の前に平伏していた。

「——その方、もし浅野の旧臣どもがわが父上の本所の屋敷に打ち込むようなことがあれば、ただちに配下を引き連れて駈けつけ、父上をお救い申し上げるのだ」

「——頼みましたぞ、猿橋どの。わが子の義周《よしちか》も救い出すのじゃぞ」

「——ははーっ」

猿橋にすれば、内匠頭切腹の日の夜、浅野家の急使を襲おうとして逆に四人の配下を喪い、それの探索に専念するあまり赤穂浪人一人ひとりの探索がおろそかになり、いずれも成果を上げていない。鈴ケ森での相手は何者であったのか、いまだに判らないのだ。浅野家も伏嗅組や薬込役のような隠密衆を召し抱えていたのか、その確証もない。ここで一つ、成果を上げたいところだ。その日が来るのを待っているのは、むしろ猿橋かもしれない。

霧生院の居間で、佳奈はまだ泣いていた。

(泣きたいのは、われわれも同じだ)

一林斎も冴も思いながら、

「おまえさま。まさか赤坂御門外の綱教公は、よもや介在などされますまいなあ」

「その懸念は無用だ。光貞公がおられる上に、綱教公は用心深い小心なお方ゆえ」

冴が言ったのへ、一林斎は応えていた。

夕刻に雪はますます激しくなり、すでに足のくるぶしほどにまで積もっていた。

五

翌朝、夜明けごろに雪は熄《や》んだ。江戸は一面の雪景色となっていた。だが、ふたたび降り出してもおかしくない空模様だ。冠木門の門扉を開けるのがひと苦労だった。

「まあっ」

と、佳奈は庭を見て声を上げたが、弾んだ声は瞬時だった。

居間での朝餉の座は、雪よりもなお湿っていた。

町駕籠が二挺、冴と佳奈を迎えに来た。

――佳奈は風邪気味にて
と、一林斎は佳奈を出さないことも考えた。だが、佳奈は承知すまい。

（冴がお目付け役についておれば大丈夫か）

送り出した。一林斎には、一大決心だった。佳奈が一言しゃべれば、あるべき世の流れが変わるのだ。あるべきとはいかなるものか、それは一林斎にも分からない。

（佳奈）

心中に叫び、神田の大通りまで駕籠を追い、見送った。人通りも少なく大八車も荷馬も出ておらず、白一色の往還がいつもより広く感じられる。駕籠は雪を踏み、やがて見えなくなった。

枝道に戻ると、冠木門の前に赤坂の長屋にいるはずのイダテンとハシリが、股引に腰切半纏を三尺帯で締めた職人姿で立っていた。

理由《わけ》を訊くと、

「きのう、雪の中をロクジュが来て、組頭も冴さまも佳奈お嬢も、なにやら異常だと言うもので、ようすを見に来たしだいで」

イダテンが職人言葉で言う。きのう、ロクジュは煤竹売りの格好でここからの帰りに立ち寄ったのだろう。

午《ひる》すこし前には、千駄ケ谷の下屋敷のヤクシも来た。ロクジュが霧生院の異常を小泉忠介にも伝え、心配した小泉がヤクシを寄こしたのだった。冬でも猿股に梵天帯だけの中間姿では寒いためか、イダテンたちとおなじ職人姿を扮《こしら》えていた。

「そなたら、今宵ここに泊まっていけ」

一林斎は言った。患者は散発的にしか来ず、そのあい間にきのうからきょうまでの経緯を三人に話した。一林斎はこの件を霧生院家の問題ととらえ、配下の者を使嗾《しそう》するつもりはなかった。しかし、伏嗅組が出てくれば、一林斎と冴と佳奈の三人では、

（防ぎ切れない）

まして上杉家の家臣団が大挙押し寄せたなら……。

イダテン、ハシリ、ヤクシは、すでに一林斎の下知に従うつもりになっている。ともかくこの人数で、夕刻に冴と佳奈が戻って来るのを待つことにした。

権門駕籠が吉良邸の表門をつぎつぎと入ったのは午過ぎからである。雪の吉良邸の庭は美しかった。そこへまた、ときおり雪がちらつく。

「こりゃあ年忘れよりも、雪見の茶会じゃ」

客のなかから声が出る。

上野介は満足だった。

しかし、気が張りつめているなかでの茶会である。ときおり胃の痛みを覚えた。幾度か雪の庭が見える座敷を中座し、そっと奥へ入った。冴と佳奈が控えている。部屋には火鉢を二つも入れて炭火を絶やさず、常に暖かくしている。

「おう、おうおう。悪いのう。頼むぞ」

と、上野介はもろ肌を脱ぎ、冴と佳奈から鍼療治を受けた。

晴れがましい茶会の座に出るよりも、佳奈にはこのほうが嬉しかった。単なる客ではない。頼られているのだ。

佳奈は鍼を打ちながら幾度も、

『ご隠居さま。実は』

出かかった。

「さあ、佳奈。この経穴はのう」

と、そのたびに冴は佳奈を諌めた。

冴からの注意ばかりではなかった。

（介在すれば、世の自然の流れを変えることになる）

それが恐ろしかった。堪《こら》えた。同時に、涙も抑えた。背と額の傷跡が痛々しい。あの日の天候と、一歩遅れたことがいまさらながらに悔やまれてくる。

町駕籠が二挺、霧生院の庭に走り込んだのは夕刻時分だった。雪はすっかり熄み、薄くなった雲から、かすかに日の入りの太陽が感じられる。駕籠舁き人足の声に、居間にいた一林斎らは庭へ駈け出た。駕籠から雪の上に降り立った冴と佳奈は、

「あらら」

と、イダテンとハシリにヤクシまで来ていることに驚いた。

「ともかく中へ。それから聞こう」

一林斎は冴と佳奈を急かした。

三人には広い居間も、六人も入ったのでは狭く感じる。ハシリとヤクシが台所に入ってお茶の用意をし、冴は開口一番言った。

「佳奈が、よう鍼を打ってくれました」

「うむ」

一林斎はうなずいた。その言葉には、余計なことは言わなかったとの意味が含まれ

ている。

冴はつづけた。

茶会が終わったのは、雪がすっかり上がってからだった。冴と佳奈の町駕籠が吉良邸を出たのは、来客の権門駕籠がすべて帰ってからだった。

「おそらく、きのうロクジュさんが見たのとおなじ煤竹売りでしょう。門の近くで見かけました」

これの意味するものは大きい。

「物見《ものみ》は一人ではあるまい。権門駕籠にすべて尾行がつき、帰った先を確かめたはずだ。吉良さまが乗っていないか確認するためだ。儂《わし》が大石どのなら、必ずそうする。で、吉良さまは？」

「酒《ささ》をすこしお召しになり、お長屋のほうにもふるまい酒を」

「おーっ」

イダテンたちが低く張りつめた声を洩らした。気疲れが募ったところへ少量でも酒が入れば、それは催眠の良薬となる。今宵、吉良上野介は確実に本所の吉良邸にいる。大石内蔵助は、その確証を得たはずだ。

いきなりだった。これまで堪えていたのか、佳奈が一林斎のほうへ身をよじり、

「父上！　これで、これでほんとうにいいのですか！」

詰め寄るような口調だった。

イダテンもハシリもヤクシも、そのような佳奈を見るのは初めてだった。

「よい。これでよいのだ」

一林斎は言った。

「ただし、このあとの流れを知った者として、やらねばならぬことがある」

「何をでございますか！」

佳奈は、なおも一林斎を詰《なじ》るような口調だった。

一林斎はつづけた。

「他の力が介在するのを、防がねばならぬ。佳奈、おまえもだ。むろん、防いだあと、その結句がいかなるものか、それは誰も知り得ぬこと」

「おまえさまっ」

「言うなっ」

驚く冴を一喝し、ふたたび佳奈に視線を据え、

「きょうは、佳奈、吉良さまの前で、耐えに耐えたであろう」

「は、はい」

「ゆえに、なおさらじゃ。他の介在を、許してはならぬ」

「はい」

佳奈は返した。

このとき、イダテン、ハシリ、ヤクシの目には、佳奈が紀州徳川家の〝姫〟ではなく、確たる霧生院家の娘として映っていた。

六

行灯の灯りのなかに、

「仮眠をとっておけ」

一林斎は言った。佳奈は鈴ケ森の初陣のときとおなじ梅の花模様の絞り袴と筒袖に着替えた。冴も同様だった。柄は無地の灰色だ。

「──武器は手裏剣のみ。敵の前に、断じてわれらの姿を見せてはならぬ。安楽膏は不要。あくまでわれらは、世の流れを変えぬための存在と心得よ。一人といえど死に至らしめてはならぬ」

一林斎は言った。だが、乱戦になった場合に備え、イダテンたちは脇差を、冴と佳奈は懐剣を、一林斎は長尺の苦無を身につけた。

出陣を前に目を閉じ仮眠を取れるのは、さすがに薬込役たちだった。冴も眠った。佳奈も目を閉じたが、脳裡にめぐるのは内匠頭、昼間会ったばかりの上野介、さらに萱野三平と、あまりにも多かった。

時刻にすれば子《ね》の刻（午前零時）のころか、霧生院の冠木門の潜り戸から六つの影が出た。空の雲は失せ、わずかだが月明かりがあった。雪は凍てつき、かたい銀盤となっている。そこには鈴ケ森のときのような提灯も龕燈も不要だった。

この時刻は、

「――儂が大石どのだったなら」

と、一林斎が推測した。

雪の上に、六つの影は走った。

「――上杉が出るなら、両国橋」

薬込役たちの意見は一致していた。

白い息を吐き、柳原土手を走り抜けた。立ち並ぶ小屋に人影はない。ときおり足がすべりそうになる。

着いた。

身を潜めた。両国橋の本所側になる東たもとだ。上杉勢が来るとすれば、長さ九十六間（およそ百七十米）の橋を西手の両国広小路から走り込んで来るだろう。薄月夜《うすづきよ》だ。白い雪を載せた橋に、人影が入れば見落とすことはない。しかも、さっき身をかがめ走り渡ったばかりだが、雪は凍てついていた。得体の知れない相手から不意打ちを受ければ、それだけで混乱するだろう。敵の数が多く、突破されてもよい。時間を稼ぐのが目的なのだ。

まだ配置につく前だ。六人は一箇所に身を寄せた。大川の水音のみが聞こえる。六人とも手に息を吹きかけ、しきりに手の平をこすり合わせている。さらに足の指を縮めては伸ばし、伸ばしては縮める動きをくり返す。手足がかじかんでは、手裏剣は打てない。

「ハシリ、行け」

「はっ」

ハシリは軒端に身をかがめて走り、吉良邸の方角に消えた。物見だ。

帰って来た。早過ぎる。

だが、

「まだ静寂なれど」

霧生院を出るまでは町人言葉だったのが、いまは武家言葉になっている。

表門近くの物陰に、

「いずれかの物見らしき者が」

潜んでいるという。なるほど、すぐ戻って来たはずだ。上杉か、赤穂か、職人姿だったという。ハシリたちもそうだが、忍び装束以外では、職人姿が最も動きやすい衣装なのだ。

他に物見が出ている……想定外だ。

「気づかれたようすはありませぬ」

「よし。案内しろ」

一林斎の動きは速かった。その物見が場所を移動しないうちにだ。

物見は屋敷のようすを窺っているのではなく、表門に通じる左右の往還に目を凝らしているようすだった。

(伏嗅組)

一林斎は直感した。赤穂の者が来るのを見張っている。

同時に、

(ん？　あの姿かたちは)

思うなり、

「戻るぞ」

ハシリをうながした。ハシリにも物見は上杉方と見当はつくが、一林斎がなぜ帰りを急いだか分からない。冴たちの待つ橋のたもとに走り込むなり、

「組頭、なにゆえ」

訊いた。

「あの物見の姿かたち、霧生院を探りに来た又八と名乗った者に違いない」

「えっ」

冴が声を上げた。犬に咬まれ、霧生院で手当を受けた二人組の一人だ。療治部屋で診た者なら、うしろ姿からでも見当はつく。

「近くに出張って来ているぞ、伏嗅組が」

一林斎は見当をつけた。上野介が今宵本所の屋敷にいることは、伏嗅組なら当然知っている。赤穂浪人が打ち込むところへ駈けつけ、屋敷外で混乱を起こし、そのすきに上野介を逃がすか。あるいは打ち込んだところを背後から襲う。いずれにせよ少人数でもできる策であり、赤穂側は大混乱に陥《おちい》るだろう。そのための物見のようだ。

「まず、敵の目下の居場所を突きとめねばならぬ」

一林斎は策を立てなおし、ハシリとイダテンを出した。

二人はつつと吉良邸の表門近くに進んだ。表門のほうから、いきなり伏嗅組の又八が潜む物陰に走った。又八は当然気づき、ハッとしたときにはすでに五間（およそ九米）ほどに迫っていた。二人は同時に手裏剣を打つなりきびすを返し、表門のほうへ走り、吉良邸の白壁の陰に入った。又八は虚を衝かれ、防ぎようはなかった。

「ううっ」

うめく以外にない。一本は肩に、一本は腿《もも》に命中していた。心ノ臓への命中以外、手裏剣は致命傷にはならない。わざと外したのだ。一林斎は読んでいた。

（伏嗅組もわれら薬込役とおなじ、命を賭《と》しても役務大事とするなら）

又八は事態を知らせに、仲間のところへよろよろと向かうはず。それをいま、白壁の陰からハシリとイダテンは見ている。

手負いになった又八は、二つの影が吉良邸のほうへ走り去ったのを見届け、腿を手拭で縛り、肩の傷は手で押さえ、軒端にそって雪の上によろよろと歩を進めた。両国橋のほうに向かっている。ハシリが尾け、イダテンは先まわりをし一林斎らの待つ橋のたもとにすべり込んだ。

「こちらに来ます」

「ふむ。好都合」

一林斎はうなずき、一同は待った。

人影だ。足を引いている。一同は物陰に息を殺した。通り過ぎた。雪に、ところどころ血がしたたっている。そのしたたりを見て、

(大丈夫。死にはしない)

一林斎も冴も、証《しょう》を立てた。

橋に入った。欄干へもたれかかるように歩を進めている。九十六間が、ことさら長く感じられていることだろう。

つづいてハシリの影が見えた。又八の十間ほどうしろに尾いていた。呼びとめた。尾行をヤクシと交替し、そのヤクシの十間ほどうしろに冴が尾いた。寒空では、順番に体を動かさないと体が凍てついてしまう。

ほどなく、二人は雪の上をつっと駈け、急ぎ戻って来た。橋を渡り切った又八は、両国広小路から枝道に入ってすぐの小体《こてい》な割烹《かっぽう》の裏木戸を叩き、中に消えた。日本橋北詰で一林斎たちがいつも〝頼母子講〟に使う割烹と似て、脇道の目立たない所だ。そこに伏嗅組は待機しているのだろう。人数は判らない。場所さえ判ればすぐ引き返せと一林斎は命じている。

「割烹の造りから、せいぜい十人くらいかと」

「わたしも、そう感じます」

ハシリが言ったのへ冴もつづけた。

「よし。新たな物見が出るはずだ。それはやり過ごし、討入りまで待つ。物見は報告に駆け戻るはず。それもやり過ごす」

「えっ。手裏剣を打ち、連絡を絶てばいいではありませんか」

白い息を吐いたのは佳奈だった。寒さのせいもあろうか、いくらか上ずった言いようになっている。さっきから動いていないのだ。

「それはね、佳奈」

冴が諭《さと》すように言った。

「討入りがあり、周囲の人たちが気づけば一帯は騒ぎになり、両国広小路にもそれが伝わってから伏嗅組の人たちが気づいて出てきたのでは、すでに町の人々も橋を駆けているでしょう」

「あっ、そうか」

佳奈は策を覚ったようだ。

「そのとおり。騒ぎになる前に、関与しようとする者の人数をできる限り減らす」

一林斎が締めくくるように言ったときだった。

「しーっ」

イダテンが白い息とともに叱声を吐いた。両国広小路のほうから雪にすり足の影が二つ、橋を渡って来る。職人姿だ。身のこなしからも伏嗅組と看て取れる。

広小路の割烹で猿橋は驚き、又八の手当をすると同時に新たな物見を、こんどは慎重に二人出したのだろう。一林斎らの前を通り過ぎた。なんと、影の一人は吾市だった。又八と一緒に霧生院で手当を受けた相方《あいかた》だ。これには佳奈も気づいた。猿橋はおそらく、又八の報告から攻撃してきたのは赤穂方と判断し、吾市ら新たな物見は用心深く吉良邸を、いくらか離れたところから周囲の往還のようすをうかがうことだろう。薬込役の面々には、その姿が目に浮かぶようだった。

やり過ごし、一同は配置についた。鈴ケ森のときと似ている。二手に分かれ、一方は一林斎と佳奈とヤクシ、片方にはイダテンとハシリと差配は冴である。

ふたたび聞こえるのは大川の流れの音のみとなった。それぞれに手をこすり、足の指を屈伸させながら待った。鈴ケ森のときのように、一林斎はもう佳奈に声をかけることはなかった。一人前として扱っているのだ。佳奈も無口で、ときおり両手で頬をこすっている。

「影が！」

佳奈の声だ。冴たちも気づいたようだ。向かいの物陰から、緊張の気配が伝わってきた。時刻にすれば、暁《あかつき》の七ツ（およそ午前四時）近くになっていたろうか。吉良邸のほうからだ。影は一つ、凍てついた雪に滑らぬようつゝと急ぎ足で近づいてくる。そのようすから、

（赤穂のお人ら、吉良邸の前に集結したか！）

一同は心中に声を上げた。

橋のたもとの両脇に潜む薬込役たちの目の前で、

「おっと」

転び、すぐ起き上がり、欄干につかまり、さらに急ぎ足になって遠ざかった。吾市ではなかった。現場に残り、猿橋らの駈けつけるのを待っているのだろう。

「来るぞ。心せよ」

掠れた声を、一林斎は向かいの冴らに投げた。

「はい」

冴の声が返ってきた。

待った。

鈴ケ森とおなじ、不意打ちである。異なるのは、急使を無事に通すのではなく、駈けつけようとする者を阻止することだ。

来た。影が一つ、二つ……五つ、六つ。

「佳奈」

一人前と思いながらも、一林斎はすぐ横に息遣いを感じていた佳奈の肩を抱き寄せた。冷え切っている。

「父上」

「うむ」

離した。

あと数歩で手裏剣の射程内に入る。深く刺さるには少なくとも五間（およそ九米）以内だ。影たちはおよそ十人、身をかがめ、急いでいるのが看て取れる。入った。四間（およそ七米）ほどになっていた。

「かかれ！」

一林斎は飛び出しながら下知した。左右から全員が間をおかず飛び出し、驚き立ち止まった影たちへ一斉に打ち込み、同時に雪の上に伏した。顔を上げた。

「ううっ」

「うぐっ」

数名が胸に手裏剣を受け、うずくまっている。

「なに者だあっ」

「どうしたあっ」

背後の者が抱え起こそうとする。予想どおりの混乱だ。

「放《はな》てっ」

再度一林斎の声だ。起き上がるなり、一斉に二打目を放った。

橋の上にふたたびおなじ光景が展開される。鈴ケ森では佳奈は龕燈を投げつけた。いまは打ち込み、命中した感触もあった。そこには達成感があった。

だが、相手は伏嗅組だ。三度目は効かない。

「引けぃ」

一林斎の声に一斉に物陰へ引こうとした。

「あぁっ」

佳奈が足を滑らせ、身の均衡を失った。

「汝《うぬ》ら、何者ぞ！」

影の中から無傷の者であろう、白い息とともに一人が飛び出した。つづいてさらに一人。いずれも脇差を抜いている。手裏剣を受け、身の自在を失っている者は五、六人か。無傷の者は四、五人のようだ。差配の猿橋八右衛門がいずれに入っているかは分からない。

最初の一人にはイダテンが向きを変えるなり脇差を抜き、

――カチン
初太刀を撥《は》ね、つづいたハシリが飛び込み脇差を素っ破抜きかけようとし、

「うっ」

その動きが止まった。

もう一人のほうは、体勢を崩した佳奈へ走り込みざま脇差を大上段から振り下ろそうとした。

「あぁぁぁ」

佳奈は膝と手を雪についたまま懐剣を取り出せず目を閉じた。

「佳奈！」

冴の叫びと同時に佳奈は風が身近に駈け抜けたのを感じるとともに、

――グキッ
得体の知れない音を聞いた。

目を開けた。脇差が目の前に落ち職人姿の崩れ込むのを見た。血は出ていない。一林斎が佳奈に迫った伏嗅組の前に飛び込むなり、苦無で首の骨を砕いていたのだ。その者は即死だった。

さらにもう一人、駈け込んでくる伏嗅組の脇差と、きびすを返したヤクシの脇差が、

――キーン

金属音を立てると同時にヤクシが片膝を地につき、防御の態勢に入ったとき、

「討入りだーっ。やりなすったぞーっ」

叫び声が聞こえ、

「吉良邸だーっ、吉良邸！」

さらに声が重なり、数人の影が駈けて来る。

「まずいっ」

伏嗅組の中から声が出た。下知の言葉ではない。とっさに一林斎は、

(猿橋は負傷っ)

覚った。

「佳奈ーっ」

飛び込んで来た冴は佳奈を抱きかかえ、もつれ合って橋のたもとの陰に転がり込んだ。一林斎は、

「大丈夫かっ」

片膝をついたヤクシの身を抱え、冴と佳奈につづいた。ヤクシは腿に手裏剣を受けていた。向かい側ではイダテンが、左腕に手裏剣を受けたハシリを支え、物陰に転がり込んでいた。

吉良邸のほうから〝討入り〟を叫びながら駈けて来た数人が、それらの前を走り抜け、転び、起き上がり、橋に入った。いずれも町人だ。伏嗅組の死体を一林斎がすばやく引き込んだのに気づかなかった。

伏嗅組たちである。薬込役とおなじ陰の集団であれば、戦っている姿はおもてにできない。だが隠れ場がない。手負いで動けぬ者は酔っ払いを支えるように、欄干に寄って道を空けた。手裏剣の傷で、雪上に散ったのはわずかな血痕のみだ。興奮状態で走っている者の目には入らない。伏嗅組たちの前に差しかかった。三人だ。背後からまだ幾人かが駈けて来るのが感じられる。

「おう。慌ててどうしたい」

職人姿の伏嗅組が声をかけた。ようすを知りたいことと、それにこの時刻に橋の上

にたむろしていることへの不審感を防ぐ唯一の策でもある。

「なにを大勢で呑気なこと言ってるんでえ」

「吉良屋敷よ、赤穂のお方らがいま、討入りなすったぜ。おっとっと」

町人たちは返し、転びそうになり両国広小路のほうへ駈けて行った。川向こうの住人たちに知らせようとしているのだろう。すぐさま橋には逆の流れができるはずだ。伏嗅組たちは無言だった。すでに手遅れになったのを覚ったのだろう。

また一群が駈けて行った。

橋のたもとに静寂が戻った。水音が聞こえる。

双方の距離はわずか五間ほどで、伏嗅組たちは欄干の両脇に身を伏し、あるいは縛れる傷口は縛っている。薬込役たちも同様だった。冴がヤクシの腿を手拭で縛り、向かい側では左腕に手裏剣を受けたハシリをイダテンが引きずり込み、手拭で縛っている。ハシリとイダテンは、鈴ケ森のときと逆になった。

ほんの数呼吸の間であろうが、双方にはことさら長く感じられたはずだ。

伏嗅組は現状の絶対不利を覚っている。危険を承知で前に進めば全員が負傷するだろう。手負いの者を背負って退けば遮蔽物はなにもない。背後からふたたび攻撃を受けることになろうか。

川の流れの音に、声が混じった。伏嗅組からだ。

「そなたらの素性は訊かぬ。大勢の来ぬうちに、死体の引き渡しを願いたい。われらはこれより引き揚げる。再度の戦いは無用とされたい」

武家言葉だ。猿橋に次ぐ差配の者か。

一林斎たちはすでに目的を達している。

「承知」

一林斎は返し、伏嗅組の死体を雪に身を伏したまま押し出し、合掌すると素早く物陰に退いた。

橋の上から二人の伏嗅組が走り寄り、

「かたじけのうござる」

陰のほうへ一礼し、死体を急ぎ引きずって行った。

「ふーっ」

橋のたもとの両脇から安堵の息が洩れた。伏嗅組の手裏剣にも、毒は塗られていなかった。伏嗅組が橋の向こうに消えてからすぐだった。薬込役たちが身を起こそうとしたとき、

「あれを」

と、冴が動きを制した。もう一人、本所のほうからつつつと駈けて来る影があった。ふたたび一同は身を隠した。

通り過ぎた。職人姿の吾市だった。討入りがとっくに始まっているのに僚輩がなかなか来ず、心配になってようすを見に急ぎ戻って来たのだろう。吾市が橋を渡り切るとほとんど同時だった。両国広小路のほうから人の影が二人、三人、また四人と見えはじめた。討入りを知った町の者が駈けつけはじめたのだ。吾市はあの小体な割烹に戻り、事態に驚くことだろう。

七

イダテンが、腿に刺し傷を受けたヤクシを介添えし、ハシリの傷は腕だったから自分で歩けた。三人は柳原土手を経て霧生院に戻った。

一林斎と冴は、佳奈のたっての望みで本所に残った。

吉良邸にまでは見に行けなかった。

陽はすでに昇り、両国橋周辺と本所一帯は慌ただしかった。

元禄十五年極月（十二月）十五日の朝である。

「永代橋《えいたいばし》だ。赤穂のお方らが引き揚げて来なさるぞーっ」

誰かの叫ぶ声が聞こえた。

「おーっ」

野次馬とは言えない。義士となった赤穂浪人たちを一目見ようと、人々は下流の永代橋に川岸の道を走った。

「父上、母上」

佳奈は駈け出した。佳奈も冴も絞り袴に筒袖のままである。一林斎も軽衫に長尺の苦無を提げている。

人をかき分け、また押し出され、三人はようやく永代橋の西たもとで、橋を渡って来る義士の一行を迎えることができた。

両脇から、

「おーっ」

「さすがーっ」

感嘆の声が上がる。

その隊列に一林斎は瞠目《どうもく》した。先頭に槍が三名、つぎに白布の包みを穂先に提げた槍がつづき、その左右に二名、うしろに三名、つぎに半弓をかかえた者が四名、その

背後に、

（あれが大石どのか）

一林斎は感じ取った。

そのうしろにまた槍が二名、さらに浪士らがつづく。

昨年の内匠頭刃傷から一年九カ月、ここに大願を成就した理由を一林斎は解した。

隊列はまさに山鹿流《やまがりゅう》兵法五十騎行軍の流儀だ。上野介の首奪還に、上杉勢が駈けつけるのに備えているのだろう。

上杉家上屋敷にも、まだ暗いうちから知らせは入っていた。

「なりませぬぞ！」

家老の色部又四郎が綱憲の前に立ちはだかり、吉良邸へ駈けつけようとする綱憲の動きを封じ、それはいまもつづいている。色部は勝った。

目の前を進む隊列に一林斎は、

（これほどの仁なら、なにゆえ綱吉将軍に直接刃《やいば》を向けぬ！）

できぬことは分かっている。だが、思わずにはいられなかった。

槍の穂先の白布に包まれているのは、吉良上野介の御首《みしるし》である。

佳奈は無言でそれを見送った。体の、かすかに震えているのが、両脇からはさむ一林斎と冴には分かった。一林斎や冴とて、おなじことなのだ。過ぎゆく隊列を、佳奈は凝《じ》っと見つめていた。片岡源五右衛門、礒貝十郎左衛門らの姿があった。

列は見えなくなった。町の衆らの幾人もが、そのあとにつづいている。よろよろと崩れ込みそうになった佳奈を、一林斎と冴は支えた。過ぎ去った隊列の中に、萱野三平のいないことに、佳奈はホッとしたものを感じたのだ。

翌十六日だった。

「父上、母上。やはりわたくし、本所に参りとうございます。吉良さまご遭難の現場に、たとえ線香の一本なりとも」

一林斎も冴も承知した。

留左を留守居に、早めに冠木門を閉め三人は出かけた。

「負傷者のお方がおいでなら」

と、槍や刀の傷を想定し、縫合《ほうごう》の用意もして薬籠を二箱、一林斎と佳奈が持った。

雪融けに往還はぬかるんでおり、町駕籠を呼んだ。

三挺の駕籠が本所の吉良邸の表門に着いたのは、まだ陽のある時分だった。

役人が出て中に入れなかった。

家老の左右田孫兵衛に取り次ぎを頼むと、すぐに出てきて、

「おぉお。よう来てくださった、よう来てくださった」

中に招じ入れ、訝《いぶか》る役人には、

「ご家族そろって吉良家の侍医じゃ」

と、玄関に通した。

血痕に息を呑んだ。死体となった家臣はそれぞれの菩提寺に運ばれ、重傷の者は他所で手当を受けているとのことだった。義周もそのなかにいるという。左右田孫兵衛がすり傷と数カ所の打撲だけだったのはさいわいだった。

屋敷は一応かたづけられているが、庭も廊下も各部屋も戦いの跡が痛々しい。破られた襖や障子は一箇所に集められている。そうしたなかに、奥に清掃され襖も破られていないのを集めたか、ほぼ元どおりに整えられた部屋があった。なんと、茶会のおり、冴と佳奈が待機し、上野介に鍼を打った部屋だった。

「こちらですじゃ。あのおりは、殿の面倒をよう診てくだされた」

左右田は声を落とし、

「ご対面くだされ」

襖の前だ。

「御首は、赤穂のお方らが……」

と、一林斎は廊下に立ちどまった。

「つい先ほどでござった。われらの願いを容《い》れ、高輪《たかなわ》の泉岳寺のお方が返しに来られましたのじゃ」

「えっ。ならば、いまこの襖の向こうに……。どのような状態でござろう」

「当屋敷の侍医どのはいま、他所にて負傷者の手当に出向いており、まだ首桶《くびおけ》のまま……」

「酷《むご》い！」

悲鳴のような声を佳奈は上げ、

「佳奈」

卒倒しそうになったのを冴が支えた。佳奈はさっき、表門から一歩屋敷内に入ったときから、込み上げる嗚咽《おえつ》を懸命に堪えていたのだ。いま襖の向こうに首が返って来ている。しかも、まだ首桶に入れられたままだという。

佳奈は冴の手を振り払い、左右田孫兵衛を睨み、

「わたくしが！　わたくしが縫合いたしまするうっ」

言うなり襖を勢いよく開けた。

「ううっ」

息を呑んだ。冴も同様だった。屋敷で用意したか経帷子《きようかたびら》を着せられ、蒲団《ふとん》の上に寝かせられた上野介の遺体に、首がない。枕元に首桶が安置され、部屋に用意された須弥壇《しゆみだん》には線香の煙が漂っている。

口を押さえ、棒立ちになり、しばし動けなかった佳奈に一林斎は、

「さあ。最後に鍼を打ったおまえがつないで差し上げれば、吉良さまもきっとお喜びのはずだ」

背を押した。

「は、はい」

佳奈は一歩部屋に踏み込み、一林斎と冴とともにたすきをきつく締め、合掌してから首桶の蓋《ふた》を取った。薬籠に縫合の用意もしていたのが役に立った。

このときの佳奈は、一林斎の指示どおり、冴が目を瞠《みは》るほど気丈にふるまった。

三人の駕籠が霧生院に帰り着いたのは、夜もかなり更けてからだった。行灯を点けて待っていた留左は、泣き腫らした表情で駕籠から降り立った佳奈に驚いた。駕籠の

中で、やはり堪え切れなかったのだ。

翌日、ロクジュが千駄ケ谷から、イダテンが赤坂から、それぞれヤクシとハシリのようすを知らせに来た。下屋敷では光貞と源六が、戻って来たヤクシを見舞ってホッと安堵の息をつき、上屋敷でもハシリのようすに氷室章助が、命にかかわるほどの傷でなかったことに胸をなで下ろしたという。

霧生院の居間で、ロクジュとイダテンからそれらの報告を受け、一林斎は言った。

「これからだぞ、伏嗅組との戦いは」

「承知」

二人が応えたのは、いま療治部屋にいる冴と佳奈を含め、江戸潜みの薬込役全員のものであった。元禄十五年（一七〇二）があと数日を残すのみとなり、江戸庶民がまだ沸きかえっている一日だった。

隠密家族　くノ一初陣

一〇〇字書評

切・り・取・り・線

購買動機（新聞、雑誌名を記入するか、あるいは○をつけてください）

□（　　　　　　　　　　　　　）の広告を見て
□（　　　　　　　　　　　　　）の書評を見て
□ 知人のすすめで　　　　□ タイトルに惹かれて
□ カバーが良かったから　　□ 内容が面白そうだから
□ 好きな作家だから　　　　□ 好きな分野の本だから

・最近、最も感銘を受けた作品名をお書き下さい

・あなたのお好きな作家名をお書き下さい

・その他、ご要望がありましたらお書き下さい

住所	〒				
氏名		職業		年齢	
Eメール	※携帯には配信できません		新刊情報等のメール配信を 希望する・しない		

この本の感想を、編集部までお寄せいただけたらありがたく存じます。今後の企画の参考にさせていただきます。Eメールでも結構です。

いただいた「一〇〇字書評」は、新聞・雑誌等に紹介させていただくことがあります。その場合はお礼として特製図書カードを差し上げます。

前ページの原稿用紙に書評をお書きの上、切り取り、左記までお送り下さい。宛先の住所は不要です。

なお、ご記入いただいたお名前、ご住所等は、書評紹介の事前了解、謝礼のお届けのためだけに利用し、そのほかの目的のために利用することはありません。

〒一〇一‐八七〇一
祥伝社文庫編集長　坂口芳和
電話　〇三（三二六五）二〇八〇

祥伝社ホームページの「ブックレビュー」からも、書き込めます。
http://www.shodensha.co.jp/bookreview/

祥伝社文庫

隠密家族《おんみつかぞく》　くノ一初陣《のいちういじん》

平成26年6月20日　初版第1刷発行

著　者　喜安幸夫《きやすゆきお》

発行者　竹内和芳

発行所　祥伝社《しょうでんしゃ》
東京都千代田区神田神保町3-3
〒101-8701
電話　03（3265）2081（販売部）
電話　03（3265）2080（編集部）
電話　03（3265）3622（業務部）
http://www.shodensha.co.jp/

印刷所　堀内印刷
製本所　ナショナル製本
カバーフォーマットデザイン　中原達治

Printed in Japan ©2014, Yukio Kiyasu ISBN978-4-396-34045-2 C0193

祥伝社文庫の好評既刊

小杉健治

闇太夫《やみだゆう》

風烈廻り与力・青柳剣一郎⑨

百年前の明暦大火に匹敵する災厄が起こる？　誰かが途轍もないことを目論んでいる…危うし、八百八町！

小杉健治

待伏せ

風烈廻り与力・青柳剣一郎⑩

絶体絶命、江戸中を恐怖に陥れた殺し屋で、かつて風烈廻り与力青柳剣一郎が取り逃がした男との因縁の対決を描く！

小杉健治

まやかし

風烈廻り与力・青柳剣一郎⑪

市中に跋扈《ばっこ》する非道な押込み。探索命令を受けた青柳剣一郎が、盗賊団に利用された侍と結んだ約束とは？

小杉健治

子隠し舟

風烈廻り与力・青柳剣一郎⑫

江戸で頻発する子どもの拐かし。犯人捕縛へ〝三河万歳〟の太夫に目をつけた青柳剣一郎にも魔手が……。

小杉健治

追われ者

風烈廻り与力・青柳剣一郎⑬

ただ、〝生き延びる〟ため、非道な所業を繰り返す男とは？　追いつめる剣一郎の執念と執念がぶつかり合う。

小杉健治

詫び状

風烈廻り与力・青柳剣一郎⑭

押し込みに御家人飯尾吉太郎の関与を疑う剣一郎。そんな中、倅の剣之助から文が届いて…。